公安エリートに

警護

逃亡生活はキケンで絶倫!?

Contents

イラスト／秋吉しま

一　正義感の強い女

足が痛い。慣れないパンプスを履いているせいだ。

「いつもみたいにスニーカーにすれば良かった……」

斉木《さいき》茉莉恵《まりえ》は煌《きら》びやかなファッションビルで立ち尽くしていた。銀座《ぎんざ》に新しく出来た複合施設で、一階から四階まで国内外のブランドショップやレストランが入っている。

友人の結婚式に出席するため初めて銀座に買い物に来たのだが、値札を見るとても買う気にならないものばかりだ。自分の一か月分の給料とほぼ同じ額になってしまう。

「やっぱり、大宮《おおみや》の駅ビルで買おう」

今度結婚する小里桃花《こさとももか》は高校からの友人グループの一人だった。彼女は茉莉恵に直接招待状を渡し、こう念を押した。

「茉莉恵、お式には綺麗《きれい》な格好で来てね。いつも喪服みたいな服にコサージュつけているだけじゃん。スタイルいいのにもったいないよ」

彼女の言葉にぎくりとした。今まで二回友人の結婚式に出たが、どちらもブラックフォーマルにショールやコサージュをプラスして誤魔化《ごまか》していた。

「だって、ドレスなんか持ってないから……」

躊躇《ためら》う茉莉恵に友人はため息をついた。

「茉莉恵がおしゃれに興味ないのは知っているけれど、もう二十六歳になるんだからそれじゃやばいよ。お式には旦那の友人も来るから、綺麗にしてきたら彼氏できるかもよ」

(彼氏)

それは茉莉恵にとって、おしゃれより縁のない単語だった。

「柔道やめて少し痩《や》せたじゃん。背も高いしきっとどんなドレスでも似合うよ」

(やめたくてやめたわけじゃないんだけど)

納得できないまま、住んでいる大宮から電車を乗り継いでわざわざ銀座まで来た自分がおかしかった。池袋《いけぶくろ》でも新宿《しんじゅく》でも良かったのに。

(私、なにも知らないな)

二十歳まで茉莉恵にとって柔道が全てだった。

県大会から全国大会、もしかしたらオリンピックの強化選手に選ばれるかも——胸に希望を抱いて入学した大学の柔道部で壁にぶつかった。

柔道部の監督は典型的な体育会系の男性だった。選手たちを平気で殴り、人格を否定する言葉で罵る。

彼の態度に我慢できなくなった茉莉恵は大げんかののち、柔道部を辞めざるを得なくなった。

スポーツ推薦で大学に入ったので、その後勉強についていくのが大変だった。高校の科目からやり直してなんとか卒業し、埼玉《さいたま》の会社に入社した。実家の上尾《あげお》から大宮に引っ越して一人暮らしを始め、毎日パソコンに向き合い淡々と事務をこなす。

気が付くと友人たちが結婚する年齢になっていた。それなのに華やかな場所に着ていく服の一枚も持っていない。

行き慣れている池袋や新宿ではなく銀座に来たのは、新しいものに触れてみたかったからかもしれない。

（でも、ここには私の買える服はなさそう）

主だったデパートを回ってみたが、自分の想像よりずっと高価だった。もちろん銀座にもプチプラファッションの店舗はあるが、だったら地元のモールで買えばいい。

（いいや、今日はウインドウショッピングだけで）

購入は諦めてハイブランドの店を外から眺めることにした。華やかな色どりの店内は自分でも名前を聞いたことのある高名なハイブランド品ばかりだった。鮮やかな色彩の服やバッグが明るい店内に美術品のようにディスプレイされている。

店内には外国人らしい小太りの中年男性がいた。彼の前には何着もの洋服やバッグが並べられている。店員が必死に電卓を叩《たた》いて合計金額を計算していた。

（凄《すご》いなあ、あれを全部買ったらいくらになるんだろう）

彼の側にはミニスカートの女性がいた。金髪の、モデルのように美しい人だった。彼女のための買い物だろうか、バッグや服は女ものばかりだ。

別世界のようなブランド店の前をぶらぶらと歩く。フロア内のカフェで一休みしてから、帰る前にお手洗いに立ち寄ろうと一旦店から出て入り組んだ通路に入った。

（え？）

意外な人物がそこにいた。さっきハイブランド店で買い物をしていた外国人の男性と、ミニスカートの女性だった。

雰囲気が不穏だった。二人は言い争いをしている。

「…………！」

「…………！」

英語ではない、洋画でたまに聞くスペイン語のような気がする。女性が必死に男性に抗弁しているような雰囲気だ。

彼らの前を通らなければお手洗いにいけない。困った茉莉恵はしばらくその場で立ち止まる。彼らの向こう側にも何人か立ち止まっていた。

その時――。

「！」

男性が女性の頬《ほお》を叩いたのだった。パシッと鋭い音が響いた。

男性は一発では止めなかった。女性の腕を摑《つか》むと何度も殴りつける。細い体が左右に揺れた。

「ちょ……STOP！」

思わず声を上げると二人がこちらを向く。だが男性はなにも気にしないかのように女性の長い金髪を鷲摑《わしづか》みにした。

「NO、NO！」

彼女は悲鳴を上げながら近くにいた自分を見ていた。灰色の瞳に涙が浮かんでいる。

その顔を見たとたん、頭に血が上った。

「やめなさい！」

二人の間に強引に割り込んで女性を彼から引きはがした。背後に隠した女性は激しく泣き始める。

すると男性は怒りで顔を赤くしながら自分に摑みかかろうとした。

「なにするのよ！」

それはほぼ反射のようなものだった。こちらに伸びてくる太い手首を摑むと、パンプスで足払いをする。

丸く太った胴体がうつ伏せで床に倒れた。

「キャ……！」

小さく悲鳴を上げたのは女性だった。男はすぐ起き上がろうとする。

（いけない）

茉莉恵は摑んだ腕を後ろに捩《ね》じ上《あ》げる。男の口から苦痛のうめき声が聞こえた。

「大人しくしていなさい！」

腕を摑んだまま彼の胴体に跨《また》がり、動きを封じ込めた。

「さあ、もう大丈夫、警備員さんを呼んできて……あ、英語で言わなきゃ、えーと」

頭の中で英単語を思い浮かべながら女性の方を振り返る。だが、彼女は自分と男性を見ていなかった。

その視線は虚空を見つめ、凍り付いていた。

（え？）

顔を上げると、男性が何人かこちらに走り寄ってくる。ビルの警備員ではなかった。黒いサングラスをかけた外国人の男たち――。

（この人たち）

もしかすると、今倒した男のボディガードなのか、慌てて彼の体から離れるが、彼らは構わず自分に迫ってくる。

「……！　…………！」

早口でなにか言っているがまったく聞き取れない。だが彼らが怒っていることくらいは分かった。

床に倒した男性がゆっくり立ち上がる。その瞳の光を見たとたん、茉莉恵の背筋が凍った。

（この人、普通の人じゃない）

逃げなければ——だがすでに茉莉恵の体は四人の男たちによって壁際に追い詰められていた。

「そこをどいて……誰か、助けて！」

向こうの方に人影が見える。だが誰もこちらに来ようとしない。どうやら誰かが道を塞いでいるようだ。

（なんなの、この人）

まるでＶＩＰのように大勢の人間に守られている男性、それがサングラスの男たちに言葉を発する。

一人の男が茉莉恵の腕を摑んだ。

「嫌……！」

振り払いたかったが彼の腕は強かった。このままどこかへ連れていかれる——恐怖で足が震えた。

（誰か、助けて！）

ぐいっと引っ張られ、パンプスが片足脱げた。それに構わず彼らは茉莉恵を連れていこうとする。

突然、目の前に黒い塊が現れた。

（え？）

別のボディガードが現れたのか――だが、その顔はアジア系のものだった。ダークスーツを着ていてかなり背が高い。

大柄なその男は、強引に茉莉恵の腕を掴むと突然黒い手錠をかけた。冷たい感触が手首に伝わる。

（ええ？）

頭がついていかない茉莉恵に、彼は自分のジャケットを脱いで頭から被《かぶ》せる。まるで逮捕された犯人のようだ。

「な、なに?!」

突然目の前が薄暗くなった茉莉恵はかけられた上着を剝《は》がそうとする。すると、長い手が服の上から強く抱きしめた。

「暴れるな、生きたかったら俺に任せるんだ」

（え？）

「怖いのは分かる、後で説明する。今は従え」

納得したわけではない。だがその声の響きは不思議に茉莉恵の気持ちを落ち着かせた。

(大丈夫)

今は彼に従う方がいい、茉莉恵の体からこわばりが解ける。

「〜〜〜〜〜！」

男のボディガードたちが口々に叫んでいる。どうやら自分を捕まえた男に抗議しているようだった。

それに彼は流暢《りゅうちょう》な英語で答えていた。

『この日本人は暴行容疑で逮捕する。君たちは手を出すな』

(いったい誰なの？　逮捕って、警官？)

頭から上着を被せられたまま、強引に歩かされる。背後からまだスペイン語の抗議の声が聞こえるが、彼は意に介さないようだ。銀座のファッションビルの床を片方裸足《はだし》で歩いていた。

ドアを出て外に出た。歩道を横切りそのまま車に乗せられる。驚くほど広い後部座席だった。

「いったい……なんなの？」

車が動き出すとようやく男は自分を離した。被せられた上着を自分で剝がすと外は銀座の街並みが流れている。

　隣にいるのは白いシャツにネクタイ姿の男性だった。彼はベルトに取り付けられた小さなポーチから鍵を取り出す。

　茉莉恵の手首を摑むと、手錠を外しながらこう言った。

「お前、馬鹿か」

「は？」

　突然手錠をかけられ車に押し込められ、どうしてそんなことを言われなければならないのか。

「相手がどんな人間か分からないのに、軽率に攻撃などするんじゃない。ああいう時は警備員なり警察なり呼ぶべきだ」

「だって……」

　あの時側には誰もいなかった。もし自分が助けを呼びにその場を離れたら、あの女性はもっと殴られていただろう。

　そう反論したかったが、自分を捕らえた男は前を向いて怜悧《れいり》な横顔しか見えない。その表情は気軽に話しかけられない雰囲気があった。

「あの人、誰なんですか？」

　大勢のボディガードに守られていた、もしかすると偉い人間なのだろうか。

（それでも女を殴っていいわけじゃないわ）

男性はこちらを向かないまま返事をする。

「詳しいことは庁で話す。今はなにも教えられない」

「はあ……」

彼に従うしかない。しかし二つ、気になることがあった。

まず一つ目。

（庁ってどこ？）

自分は警察に捕まったのだと思っていた。だから連れていかれるのなら警察署ではないのだろうか。

しかし、そういえばまだ彼の警察手帳を見ていない。

（警官じゃないの？）

そして二つ目、奇妙なことだが茉莉恵は彼に見覚えがあるのだ。

（確かにどこかで見た）

必死で記憶を探している間に車は銀座から日比谷《ひびや》を過ぎて霞《かすみ》が関《せき》に入った。赤信号で止まった時、運転手の男が後ろを振り向いた。

「藤堂《とうどう》さん、面倒なことになりました」

運転手の差し出したスマートフォンの画面を見た男は、軽く舌打ちをした。

「まったく……」

「どうしたんですか？」

彼は無言で画面をこちらへ向けた。それは有名な動画投稿サイトだった。

「ええ?!」

そこに映っているのはあの外国人を床に倒した時の自分だった。あの様子を誰かが撮影していたのだ。

「酷《ひど》い！　助けもしないで動画を撮って勝手に投稿するなんて」

かなり小さい動画なので自分の顔まではははっきりしない。だが男に馬乗りになった時、腿《もも》の半ばまでスカートがめくれあがっている。

「恥ずかしい……これ、削除できますよね」

投稿者に直接連絡を取って消してもらおう、茉莉恵は自分の携帯を取り出し動画投稿サイトを開こうとした。

「あれ？」

ポケットに入っていたはずの携帯がなかった。

「もしかしたら、さっき私の携帯を落としてしまったかも……」

「なんだと！」

男の剣幕《けんまく》に茉莉恵はびくっとする。

「辻《つじ》、庁に行く前に携帯会社へ寄れ。彼女の電話機を止める」

彼の言葉にぎょっとした。そんなことをしたら復活させるのにかなり手間がかかるのではないか。

「ちょっと待ってよ、もしかしたら出てくるかもしれないのに」

男の鋭い目がこちらを睨《にら》みつける。

「死にたいのか?」

その声が怖いほど真剣で茉莉恵は言葉に詰まる。

「彼らに情報が渡る前に電話を止める。そうしないとお前だけじゃなく、お前の家族にまで被害が及ぶぞ」

茉莉恵はもう彼に逆らわなかった。今自分はとんでもないことに巻き込まれているようだ。

黒塗りの車は茉莉恵が契約している携帯会社の販売店に到着し、店頭ではなく奥の部屋に通された。店長らしき人が緊張した面持ちで携帯の停止手続きをしてくれた。茉莉恵はひたすら頷《うなず》き、タッチパネルにサインをする。

自分の隣では辻と呼ばれた運転手の男が携帯とパソコンを駆使して作業している。

「撮影したアカウントの持ち主と連絡が取れました。すでに動画は削除してあります」

茉莉恵はほっと息をついた。

「ああ、良かった。これで大丈夫ですよね」

男は小さくため息をついた。

「駄目だ、この動画はすでに全世界に広まっている。気づくのが一歩遅かった」

「全世界?!　どういうこと?!」

確かに大柄な男性が女性に押さえつけられている動画は面白いかもしれない。だがそこまでバズる内容だろうか。

「これを見ろ、すでに海外に広がっているんだ」

男が差し出した携帯には確かに自分の動画が映っている。だがアカウントは日本人ではない、海外のもののようだ。

「なんで……」

呆然《ぼうぜん》としている茉莉恵を連れて男は再び車に乗り込んだ。

「詳しいことは後で話す。今は庁に入ることが先だ」

「…………」

車が到着する前に、茉莉恵はもう一つだけ彼に尋ねたいことがあった。さっき運転手が名前を呼んだ、それで記憶が蘇《よみがえ》ったのだ。

「一つだけ、聞いていい？　あなた、もしかすると八島《やしま》高校にいた藤堂道隆《みちたか》じゃない？」

彼の顔がぐっとこちらを向いた。

「どうして俺の名前を知っているんだ？」

答える前に黒い車はある建物の敷地内に入っていった。

そこには『警察庁』と書かれている。

「俺の名前は」

彼が胸ポケットから小さな手帳を取り出した。開くと彼の顔写真が貼られた身分証が出てくる。

「俺は公安捜査官、藤堂道隆だ。これから君を保護する」

茉莉恵は手帳を声もなく見つめていた。

(藤堂道隆)

それは自分の脳にずっと残っていた名だった。


彼を初めて見たのは柔道の全国大会だった。

そもそも茉莉恵が柔道を始めたのは六つ上の兄の影響だ。兄が高一の時全国大会に進んだので、小四の自分も応援にいった。

そこで兄と対戦したのが同学年の彼、柔道の名門八島高校の代表藤堂道隆だった。

茉莉恵は兄が負けたところを見たことがなかった。いつも圧倒的な強さで敵を倒していく彼は自分の目標だった。

だが、全国大会で藤堂道隆と組んだ兄は、あっという間に空を飛んだ。一本背負いを取られたのだ。

（凄い）

兄の負けを悔しがるより先に、その技の鮮やかさに驚いた。大柄な彼の体がまるで羽根のように飛んだ。

藤堂道隆はその年の優勝者になった。きっと来年も、次の年も優勝して強化選手、オリンピックに出るかも――直接当たった兄は興奮気味に話していた。

だが翌年、全国大会の選手一覧に藤堂の名はなかった。

（どうして）

兄に聞いても『どうやら転校したらしい』としか分からなかった。あれほど強い選手なら、転校先でも試合に出てくるはずなのに、全国の選手名簿を検索しても『藤堂道隆』の名前は見つからなかった。

（どうして柔道をやめちゃったんだろう）

大会に出場するたびに彼の名前を探していた。藤堂道隆――少し古風な、その名前を。

あれほど探した本人が、目の前にいる。茉莉恵は信じられなかった。

「嘘《うそ》でしょ、本当にあの藤堂道隆なの?! どこにいたの、どうして柔道をやめちゃったの?」

茉莉恵の矢継ぎ早な質問に彼は顔を顰《しか》める。

「——その話は後で落ち着いてからにしてくれ。お前の状況を説明するのが先だ」

黒塗りの車は警察庁の車寄せで停まり、茉莉恵は藤堂道隆に腕を掴まれ降ろされそうになった。

「ちょっと待って」

「なんだ」

藤堂は少し苛立《いらだ》ったように言う。

「靴がないのよ」

茉莉恵は銀座のビルでパンプスを片方落としていた。藤堂は小さくため息をつくとビルの玄関に走っていき、すぐ戻る。

「これを履け」

差し出されたのは緑色のスリッパだった。どうやらこれを履くしかないようだ。ペタペタと短い階段を上って庁の中に入る。すれ違う警察官らしい人間は彼の姿を見ると道を開けて敬礼する。

(なんなの、この人)

まったく部外者の自分にも、藤堂がかなり上の立場であることは分かった。

エレベーターに乗せられて十六階へ上がる。そのままある部屋に入れられた。

四畳半ほどの広さに事務机とパイプ椅子が二つ、向かい合せに置かれている。刑事もののドラマで見た取調室だった。

「まず、お前が投げ飛ばした男のことについて説明する」

机を挟んで藤堂道隆が目の前に座った。完全に刑事の態度だった。

「彼の名前はアントニオ・ピオネ。メキシコのコカイン・カルテルの大物だ」

茉莉恵はぽかんとした。まるで映画のような話が突然目の前に現れたのだ。

「彼はアメリカの麻薬捜査当局に追われている。だが――彼の味方をする人間が何人もいる、それもかなり力を持った人間だ。メキシコやアメリカにいられるとそれだけで騒動の元になる。彼が現地にいるだけで何人もの市民が銃撃戦の巻き添えになっているんだ。だから一時的に日本に滞在させている。その間俺たち公安が監視兼警護をしていた」

「じゃあ、この男が彼女を殴った時も見ていたのね？」

茉莉恵は彼をきつく睨みつける。

「だったらすぐ助けてあげれば、こんなことにはならなかったわ」

藤堂は茉莉恵の視線にも目をそらさなかった。

「俺の仕事はアントニオの警護だ。大けがを負わせたり武器を使ったならともかく、ただの喧嘩《けんか》には介入できない」

「喧嘩って……」

あれは対等な喧嘩ではない、一方的に女性が殴られていた。それでも助けてもらえないのか。

「その件はまず置いておいてくれ。とにかくあの男はとんでもない資産と権力を持っている。さらにこれだ」

藤堂は携帯電話を取り出すと画面をこちらに向ける。

「さっき見た動画だ。あのビルにいた人間が騒ぎをこっそり撮影していた。アカウントの持ち主には削除させたが、遅かった」

「どういうこと?」

「あの動画に映っている男がアントニオだということを知っている人間にもう拡散されている。すでにコピーされた動画が全世界に広まっているんだ」

画面には見たこともない動画アプリが映っていた。自分とアントニオの動画の上に、見慣れない外国語のコメントが載っている。

「はあ……」

茉莉恵は気の抜けた返事をした。

「もういいですよ、勝手に撮影されたのはむかつくけど、顔もはっきり映ってないし——」

生会うこともない外国の人に見られるくらい」

　藤堂は携帯を内ポケットにしまうと椅子に座り直す。

「そんなことを言っているんじゃない。麻薬王が人前で床に転がされた、しかも相手は若い女だ。この意味が分かるか？」

　茉莉恵はまだ事態が呑《の》み込《こ》めてなかった。

「……訴えられる？　賠償金を払わされるの？」

「それどころじゃない。お前はアントニオのプライドを傷つけた。あの動画は今頃彼のライバルであるコカイン・カルテルのマフィア間で回覧されていい笑いのネタになっているだろう。女に負けるなど彼にとっては死ぬよりつらい屈辱だ。彼らはいまだに強い男尊女卑の考えを持っている」

　だんだん彼の言っていることが呑み込めてきた。想像よりかなりまずいことになっているらしい。

「つまり……」

「お前があのまま彼らに連れていかれたら、どこかの倉庫で魚みたいに切り刻まれてその動画がマフィア間に流されていただろう」

　急に空気が薄くなった。

　自分がそんな危険の中にいたなんて。

「で、でももう大丈夫よね？　彼らは外国人だし私が誰かなんて知らない……」

そこで言葉に詰まった。携帯を彼らの前に落としたことの重大さにようやく気づいたのだ。

「携帯、止めて良かった……」

しかし藤堂の表情は晴れなかった。

「まずお前の実家と家族構成を教えろ」

「は、はい」

埼玉の上尾にある実家の住所と電話番号を彼に伝えた。そこには父母と兄が住んでいる。

するとそのまま部屋を出て行って外にいた部下の男性となにか話している。

「そうだ……向こうの交番に連絡して……警備させせろ、二十四時間……」

(大変なことになった)

マフィアだの公安だの、突然ハリウッド映画に巻き込まれたみたいだ。

茉莉恵はアクション映画をよく見る。こんな時、ピンチのヒロインはヒーローが助けてくれるものだ。

(藤堂さんが助けてくれるのかな)

あの時、そのままアントニオの部下に連れていかれたら――考えただけで寒気がする。

今頃自分は東京湾《とうきょうわん》に沈んでいたかもしれないのだ。

(彼に出会えて良かった)

ハリウッドのマフィアものだったら、警察の中に買収された警官がいて証人を殺したりするけど、ここは日本だから大丈夫、安心して任せていればいい。

部屋に一人取り残された茉莉恵は大きなため息をついた。急に咽喉《のど》が渇いてくる。

その時、控えめに扉がノックされた。

「はい？」

入ってきたのは藤堂ではなかった。物腰の柔らかな中年男性だ。

「お嬢さんをこんなところにお通しして申し訳ないですね。くつろげないでしょう？」

「はあ……いえ」

誰かから『お嬢さん』なんて言われたのは初めてだ。なんだか居心地が悪い。

「あなたは犯人ではないのだから、こんな部屋でなくてもいいのですよ。応接室に行きましょう。お茶もお出しします」

男性にうながされるが茉莉恵は戸惑っていた。お茶は飲みたいが、勝手にここを出て行っていいのだろうか。

「でも、あの、藤堂さんは？」

彼は自分の実家の対応をしているはずだ。彼を待った方がいい気がする。

男性は優しく微笑《ほほえ》んだ。

「彼には私から伝えておきましょう。さあ、こちらへ」

よく分からないまま茉莉恵は彼に従って廊下を歩く。エレベーターに乗って、一階へ戻った。ロビーにはソファーがいくつか並んでいるが、彼はそれを素通りしてしまう。

「あの、これだと外に出てしまいますね」

男性は庁舎の裏口に近づいていく。

「ああ、応接室は別館にあるんです。申し訳ないが一旦外に出ますよ」

「でも、私スリッパなんです」

さっき藤堂が貸してくれた緑色のスリッパを履いたままだった。これで外に出てもいいのだろうか。

中年の男性は一瞬絶句したようだ。

「そうなんですね――いえ、そのままでいいですよ」

「いいんですか」

「気にしないで、大したことじゃないから」

そう言われて再び茉莉恵はスリッパでペタペタと歩き出す。

不意に背後から声がした。

「その人をどこへ連れていくんですか、岡山《おかやま》さん」

いつの間にか藤堂が背後にいた。階段で下りてきたのだろうか、少し息が切れていた。

岡山と呼ばれた男性はゆっくり振り返る。

「犯人じゃないのだから取調室は可哀想《かわいそう》でしょう。応接室にお連れします」

「応接室は二十階にありますよね」

茉莉恵はぎょっとした。別の棟にあるんじゃないのか。

「この建物から出してどうするつもりなんですか。まさか、向こうに渡すつもりじゃないでしょうね」

岡山の表情がほんの少し変わった。

「そもそも、我々が彼女を拘束する理由もないんですよ。彼女は犯罪者ではないのだから」

口調は優しいが、茉莉恵は背筋が寒くなった。

彼は自分を放り出すつもりなのだ。

（この人、マフィアと繋《つな》がっているの⁉）

「我々は彼女を拘束しているんじゃない、保護しているんです」

藤堂の言葉に茉莉恵は胸が熱くなった。

「どうやらアントニオ側に彼女のデータはばれてしまったようだ。今彼女の実家を警護させる準備をさせています。彼女もどこかへ保護しなくては」

すると、岡山と呼ばれた男の目がすっと細くなった。

「その根拠は？」

「え？」

思わず藤堂の口から疑問の声が漏れた。

「この人が襲われるという根拠はあるのか？　お前が勝手に暴走しているだけなんじゃないか。勝手にヒーロー気取りか」

彼が言葉に詰まる。それを見た岡山はさらに問い詰めた。

「確かに少しアントニオともめたかもしれないが、彼は外国人だ。日本で犯罪を起こしたら日本の警察に逮捕、拘束される。強制送還されるかもしれない。そんな危ない橋を渡るわけないだろう」

筋は通っている。だが茉莉恵は納得できなかった。藤堂はこちらへ一歩近づいた。

「それは違います。アントニオと繋がっている反社の集団はいくらでもいる。彼らに依頼すれば日本で不可能なことはない」

自分も彼と同じ意見だった。だが岡山は引き下がらない。

「では彼女の自宅の警察署に連絡してパトロールしてもらおう。それでいいだろう」

そう言って岡山は自分の背を押して建物の外へ誘導しようとする。思わず反射的に体を引き、藤堂の方へ走り寄る。

「私はこの人と一緒にいます」

藤堂が自分に覆いかぶさるように岡山との間に立ちふさがってくれた。

「この人は公安で保護します。その義務があるはずだ。アントニオは私たちが警護していたのだから」

　岡山の眉間に怒りが走る。

「その女を守るのは交番の警察の仕事だ。私たち公安は国を守ることが仕事だろう」

　藤堂は一度だけ首を横に振った。

「彼女を守ることが、国を守ることです」

（藤堂さん）

　彼の言葉に感動する。この大きな背中についていけばきっと大丈夫、そう思えた。

　だが岡山はポケットからインカムを取り出すと通話を始める。

「警備隊、本館一階に来てくれ。命令違反の職員がいる」

　遠くから足音が聞こえる。無理矢理《むりやり》藤堂と引き離されるのか――思わず彼の上着の裾を摑む。

　その時、背後から声が聞こえた。さっき車の運転手をしていた辻という若い男だ。

「藤堂さん、車を回しました」

「よし」

　彼の大きな体がぐるりと振り返り、次の瞬間茉莉恵の体はふわりと浮いた。

「ええ？」

　彼に抱え上げられたのだ。緑のスリッパが足から外れて床に転がった。

「いくぞ！」

藤堂に持ち上げられたまま凄いスピードで廊下を移動する。まるで空を飛んでいるようだ。

玄関を出ると紺色の車が停まっている。さっき乗ってきた黒いセダンではなくステーションワゴンだった。

「乗れ」

彼は後部座席に茉莉恵を放り込む。まるで荷物だった。すぐさま前に回って運転席に乗り込んだ。タイヤをきしませて急発進する。

「ど、どこへ行くんですか」

放り込まれた後部座席でようやく体勢を整えられた茉莉恵はハンドルを握っている藤堂に尋ねる。

「…………」

しばらく返事はなかった。

「あの……」

「俺の家だ」

そうはっきり告げられて茉莉恵は驚愕《きょうがく》する。

「ええ?!」

「本当は公安が持っている要人保護の部屋を使うつもりだった。だがあの状況じゃ無理だ。

今すぐ入れるのは俺の部屋しかない」

「でも」

彼のことを信じていないわけではない。

むしろありがたいと思っている。

だがそこまで甘えていいのだろうか。

無言の茉莉恵に向かって藤堂は振り返らずに言った。

「安心しろ、トイレもシャワーもついているゲストルームがある。男といきなり同棲《どうせい》するわけじゃない」

「そういう心配はしていません！」

何故《なぜ》だか藤堂のことは信じられた。それはずっと以前、一度見た時からの感情だろうか。

（そうじゃない）

彼は誠実な人だ。公安の上司に逆らってまでも助けてくれた。

（どうしてそこまで？）

後部座席からそっと顔を覗《のぞ》き込《こ》む。だが後ろからでは引き締まった頬とほんの少し覗く鼻筋しか見えない。

その真剣な雰囲気に、茉莉恵はただ見つめることしか出来なかった。

ステーションワゴンは霞が関から赤坂《あかさか》に入り、路地を進む。

（ここ、どこ？）

大宮で働いている茉莉恵は東京に詳しくない。都心にこんなところがあるなんて知らなかった。高層ビルの立ち並ぶ幹線道路から脇に入ると、驚くほど静かな住宅街になる。

藤堂の運転する車は坂の途中に立つ煉瓦《れんが》作りの低層マンションの地下駐車場に入っていった。停車すると彼は運転席を降りて後部座席のドアを開けた。

「降りろ」

「はい……」

茉莉恵は外に出ようとする。だが藤堂はその動きを手で制した。

「スリッパは？」

「公安を出る時に落としました」

今はストッキングしか履いてない裸足だが、別に気にならなかった。砂利道でもないコンクリートの床だ。

「でも大丈夫です、家についたら足を洗えば」

すると藤堂は突然自分の方に背を向けてしゃがんだ。

「乗れ」

それがおんぶを意味することと理解するのにしばらくかかった。

「いや、いや、いいですよ！　裸足で歩きますから！」

自分は身長も高いし痩せているわけでもない。彼に体重を預けることに抵抗があった。

「いいから早く乗ってくれ。抱えたら手が塞がるからカードキーが取り出せない」

どうやら自分で歩くという選択肢はないようだ。恐る恐る彼の背中に覆いかぶさる。

（大きい）

まるで板のように広く、頑丈な体だった。大柄な自分が摑まってもびくともしない。

（なんだか普通の女の子になったみたい）

小学生の頃からずっと身長が高かった。体育で並ぶ時はいつも一番後ろ、柔道を始めてからは肩幅も広くなった。

そんな自分が嫌いじゃなかったが、華奢《きゃしゃ》でか弱い女の子には一生なれないと思うと寂しさを感じる時もある。

だが藤堂は自分の体を軽々と扱う、まるでお姫様を運ぶ騎士のように。

今だって、自分を背負っている彼の足取りはごく普通だった。すたすたと歩いてカードキーで駐車場についているエレベーターを開けた。乗り込むと静かに上昇し、三階で止まる。

ドアが開くと温かな照明のついた内廊下が現れる。自分を背中に乗せたまま藤堂が扉を開けると、やはり落ち着いた照明の玄関が現れた。彼は中に入ると体を反転させ、茉莉恵をそっと廊下に下ろす。

「……ありがとう」

大きな背中は振り返らなかった。

「先に奥へ入っていろ。ソファーでくつろいでいるといい」

言われるまま茉莉恵は恐る恐る中へ入った。マンションなのに一軒家のように長い廊下だ。

「わあ……」

リビングに通じる扉を開けると、不意に緑が目に飛び込んできた。大きな窓の外には大木が梢《こずえ》を風に揺らしている。都心とは思えぬ庭が外に広がっていた。

座り心地のいい革のソファーの隅に座っていると、藤堂が入ってきて再びどこかへ消えた。ばたばたと扉を開けたり閉めたりする音がした。

ようやく自分の側に来た彼の腕には服が何着か載っていた。

「俺のトレーニングウエアだ、新品じゃないが洗濯してあるからこれを部屋着に使え。これからお前の部屋の説明をする」

「は、はい」

まるで部活の先輩と後輩のようだ。ついていくと四畳半ほどの部屋に入った。シングルベッドが置いてある。

「この部屋を好きに使っていい。ユニットだが風呂もトイレもついている。必要なものがあ

れば言ってくれ、こちらで用意するから」

ごく普通のワンルームと同じ仕様だったが、狭苦しい雰囲気がしないのは天井が高いせいだろうか。自分が住んでいる部屋より居心地が良さそうだった。

「あの……私、いつまでここにいるんですか？　明日、明後日まで？」

「分からん」

藤堂は簡単に言う。

「え、じゃあ仕事は……来週友人の結婚式があるんですけど」

藤堂は自分をじっと見下ろす。

「助かりたいか？」

「え？」

「助かりたいかと聞いている。危険な目に遭いたくないか」

「も、もちろん……当たり前じゃないですか」

「ならば、今の生活は一旦全部捨てろ」

突拍子もない命令に茉莉恵は絶句するしかない。

「アントニオはいつか逮捕される。正確な予定はまだ分からないが――それまで身を隠しているんだ。助かるにはそれしかない」

「いつかって……どのくらいですか」

「さあな、一か月後か、一年後かもしれない」

「そんな！」

一年身を隠しているなんて、こっちが犯罪者になったようだ。

「今は俺の独断でお前の身柄を保護しているが、やがて公安の上を動かして正式な保護施設に移動させる。君の両親と兄の家はしばらく警官に張り込んでもらう」

「はい……」

茉莉恵はただ頷くことしか出来なかった。

仕事も辞め、友達にも連絡を取らず、ただ息を殺して生きるしかない。

それしか助かる方法がない。

「色々、ありがとうございます……」

ふらふらとベッドに近づき腰かける。なにもする気になれなかった。

「……仕事や、お前の部屋の解約は全部こちらでやる。荷物は一旦倉庫に保存しておく。お前はなにもしなくていい」

「はい……」

「夕食の時間まで休んでいろ。風呂に入ってもいい」

「はい……」

藤堂が出て行っても茉莉恵は身動きが取れなかった。

部屋の時計は午後三時半を指している。自分が銀座でぶらぶらウインドウショッピングをしていたのは昼頃だったから、まだ半日も経《た》っていない。

それなのに今マフィアに命を狙われ、隠れるために全てを捨てなければならないなんて。

「……やっぱり駅ビルに行けば良かった」

茉莉恵はただ白い天井を見つめることしか出来なかった。

「……何時？」

気が付くと窓の外が暗い。

落ち込んだままシャワーを浴び、ぶかぶかのトレーニングウエアに着替えてベッドに寝ころんでいたらいつの間にか眠ってしまったらしい。

リビングの方からかすかな物音と、いい匂いがする。

(これは)

確かに醤油《しょうゆ》の匂いだった。

恐る恐るリビングに向かうと、そこには信じられない光景があった。

藤堂がカウンターキッチンで料理をしていた。

白いワイシャツを捲《まく》って、器用に包丁で白髪葱《しらがねぎ》を作っている。

「起きたのか」

彼は一瞬自分に視線を走らせると、すぐコンロの上の片手鍋を覗き込む。

「ちょうどいい、もうすぐ夕食が出来るから手伝ってくれ」

「は、はい！」

慌ててキッチンの中に入ると長方形の盆を持たされた。その上に藤堂が皿を載せていく。白髪葱を載せた金目鯛《きんめだい》の煮物だった。

キッチンの前にあるダイニングに皿を置く。続けてご飯とみそ汁、ほうれん草のお浸しも運ぶ。

「箸はこれを使え、箸置きがなくて悪いが」

割り箸を出されて茉莉恵は慌てて受け取る。箸置きなんて、自分の家では使ったことがない。向かいにある藤堂の席には確かに塗り箸と箸置きが置いてあった。

「買い置きの食材がこれしかなかったので、簡単ですまない」

「とんでもないです、美味《おい》しそう」

それはお世辞ではなかった。炊き立てのご飯は艶々と光り、みそ汁はちゃんと出汁《だし》の香りがした。

「いただきます」

二人同時に手を合わせて箸を取る。わかめと豆腐のみそ汁は熱く、煮魚は柔らかく身がほぐれる。

「美味しい……」

茉莉恵はその時、ようやく自分が空腹であることに気が付いた。昼食を取らないままだったからだ。

「ありがとう、ございます……」

いつの間にか、彼の前で泣いていた。

あの時マフィアの暴力を目にしてから、ずっと緊張していた。

がちがちだった体が、藤堂の料理を口にしてふっとほどけたのだ。

その瞬間、押し殺していた感情が波のように溢《あふ》れてきた。

恐怖、不安、混乱——そんな感情に支配されて涙が止まらない。茉莉恵は泣きじゃくりながら魚やお浸しを食べ続けた。

「……落ち着いてから食べてもいいんだぞ。後で温め直してやるから」

「いいんです、おみそ汁は温め直すと味が落ちます」

鼻をすすりながら茉莉恵がそう言うと、藤堂が笑った。

「変な奴《やつ》だな」

（あ）

彼の笑顔を見たのは初めてだった。スーツ姿で厳しい顔をしている時はずっと年上に見えたのに、部屋着姿で微笑むと普通に三十代の青年に見えた。

（というか）

改めて藤堂が『とてもハンサムな三十代の男性』であることに茉莉恵は気が付いた。切れ長の精悍《せいかん》な瞳に綺麗な鼻筋を持っている。

そんな男性の前に、ノーメイクでトレーニングウエア姿でいることが急に恥ずかしくなる。

（なに考えているの）

これはデートではない、彼は自分を守ってくれているのだ。自分がどんな格好だろうが関係ない。

それでも彼の瞳に見つめられていると、食事をするのも緊張してしまう。

「……なんでしょう」

あんまり見られているので思わず尋ねてしまった。

「いい食べっぷりだなと思っていた、腹が減っていたのか？」

「……普段から、です」

そう言うと藤堂はさらに笑った。刃のような目が優しく細まる。

（いけない）

これ以上差し向かいでいたら、本気で好きになってしまいそうだ。そんな状況じゃないのに。

「ご、ごちそうさま！」

急いで夕食を平らげると食器をキッチンに運ぶ。藤堂はくすくす笑いながら言った。

「もういいのか？　お代わりもしていいんだぞ」

（からかわれている）

そう思うと頬が熱くなってしまう。

「いえ、もう大丈夫です、片づけは私がしますので……」

その時、インターフォンの音が部屋に響いた。思わずびくっとしてしまう。

「大丈夫だ、辻が俺の頼んだ荷物を持ってきたんだ」

「辻？」

そうだ、公安へ向かう時車を運転していた男がそんな名前だった。藤堂に続いて茉莉恵も玄関へ向かう。

「藤堂さん、お待たせしました。一通り必要なものを揃《そろ》えておきました」

運転手だった辻が玄関に立っていた。その背後に何人かの男が段ボールや発泡スチロールの箱を抱えている。

「ああ、よろしく頼む」

辻が顎をしゃくると、男たちが一斉に部屋に入り、どんどん箱を開けていった。発泡スチロールに入っていた生鮮食料品は冷蔵庫にしまわれていく。

「どうしてテレビも持ってきたんだ？」

藤堂が怪訝《けげん》な声を出す。確かに彼らは新品のテレビを持ってきた。

「これは彼女の部屋に設置するんです。あの部屋にはベッドしかなかったですよね」

「ああ、だが普段はリビングにあるテレビを使えばいいだろう」

すると辻は背筋を伸ばして藤堂を見つめた。

「藤堂さん、あなたは明日から出勤停止です」

「えっ」

藤堂と茉莉恵が同時に絶句した。

「藤堂さんがその女を連れ去ってから岡山さんはかんかんでしたよ。一応あなたの上司なので……そんなわけで明日から自宅待機です」

「そうか――」

藤堂はしばらく無言だった。だがすぐに落ち着きを取り戻す。

「仕方ない、遅い夏休みと思うことにするか」

藤堂はあっという間に平常心になったようだが茉莉恵はまだ動揺していた。

(彼と、昼も夜も一緒⁉)

「だからテレビをもう一台持ってきたんです。その女は韓流《はんりゅう》ドラマとか見たいでしょう？藤堂さんとは趣味が合わないですよ」

辻の言い方に茉莉恵は少しカチンときた。

（そりゃ、たまには韓国ドラマも見るけど）

男たちは茉莉恵用の部屋にテレビを設置した。辻は茉莉恵に紙袋を渡す。量販店の衣料店のものだった。普段着から下着まで入っている。下着のサイズまで自分にぴったりで、かえって気味が悪い。

「どうだ？　足りないものはありそうか」

「大丈夫です……ありがとうございます」

それより茉莉恵は彼に聞きたいことがあった。

「藤堂さん、出勤停止なんて大丈夫なんですか？　あの岡山って人、偉かったんですね。そんな人に逆らって、これから……」

彼の出世に差し障るのではないだろうか、それを聞きたかった。

だが辻は茉莉恵の言葉を最後まで聞かずに鼻で笑う。

「じゃあこの部屋を出て行くか？　一時間以内にその情報がアントニオに届くだろうけどな」

茉莉恵は慌てて首を横に振る。

「嫌です！　あの男が日本からいなくなるまでここから出ません」

すると辻は高笑いをする。

「ははは、そもそも今回のことごときで藤堂さんの力は揺るがない。あの人には省庁を超えて味方する人間が沢山いるんだからな」

「はあ」

茉莉恵が気の抜けた返事をすると、辻は彼女を窓際に連れていく。

「あれを見ろ。このマンションはもちろんセキュリティーは万全だが、それに加えて藤堂さんに味方する職員が二十四時間体制で監視している」

確かにマンションの前の路地に黒い車が停まっている。運転席と助手席に人影があった。

「公安だけじゃない、全国の警察にも自衛隊にもあの人のシンパは大勢いるんだ。将来はこの国のトップに立つ、そうなるべき人なんだ」

（なに言ってるのこの人）

話が大きくなりすぎてよく分からない。とにかく藤堂はこのくらいの困難は平気だと言いたいらしい。

（良かった）

このまま藤堂を頼ってもいいんだ、それが分かって少しだけ気持ちが楽になった。

辻たちが退出し、再び二人きりになった。

だが藤堂は浮かない顔をしている。

「あの……ごめんなさい」

茉莉恵は頭を下げる。

「なにがだ」

「出勤停止になってしまって……私のせいですよね」

藤堂は軽く笑った。

「それは別にいい。どうせ岡山さんには嫌われている。もう一つ嫌われたからといってどうってことはない」

辻の言った通り、このこと自体は彼にダメージを与えてないらしい。

だが、それなら何故暗い顔をしているのだろう。

「俺は朝と夜しかいないから同居できると思っていたんだ。だが、さすがに男女が一日中同じ部屋にいるのはまずい。しかし俺は自宅待機を命じられているから、ホテルに移るわけにはいかない……困ったな」

驚いた。自分のことを心配してくれているのか。

「私は平気ですよ！　ちゃんと自分の部屋もあるし、トイレもお風呂も、テレビもあります。兄がいたから慣れています」

それでもまだ彼は納得していないようだった。不意に顔を上げる。

「そうだ、お前の部屋に鍵をつければいい。今辻に言って、鍵を買ってきてもらおう」

携帯を取り出して連絡しようとするのを茉莉恵は手で止めた。

「――これは、合宿です！」

自分の口から思いもよらぬ言葉が飛び出た。

「柔道部の合宿だと思いましょう。それなら男女が一つの家にいてもおかしくないでしょう？」

茉莉恵は柔道部時代、夏は毎年合宿をしていた。毎日自分たちで食事を作り、男女に分かれて雑魚寝をする。夜遅くまで起きていて先生に叱られたりすることもあった。

これは合宿――そう考えることでつらい状況も乗り越えられる気がした。

「明日から合宿のメニューを決めましょう。朝食の後はトレーニングして、勉強の時間も作るんです。私スケジュール作りますから」

一気にまくし立てる茉莉恵をじっと見ていた藤堂は、とうとう笑い出した。

「本当にお前は……退屈しないな」

（また、笑った）

藤堂が笑うと、なんだか胸の奥が痛くなる。

もっと、笑っていて欲しい。

二人は静かになった玄関で、しばらくくすくすと笑いあっていた。

二　気丈な女

起床　七時
朝食　七時半
洗濯、掃除　八時～九時
朝のトレーニング　九時半～十一時半
昼食　十二時
休憩　一時～二時
昼のトレーニング　二時～四時半
休憩、家事　四時半～六時
夕食　六時
風呂　七時
就寝　十時
これが茉莉恵の作成した、二人の『合宿』タイムスケジュールだった。

「こんなに細かく決めたのか？」

トーストと目玉焼きの朝食を取りながら藤堂が呆《あき》れた声を出した。

「はい、こういうことはきちんとしましょう」

茉莉恵はあえて明るい声を出した。

なんの予定もなく、ただだらだらと過ごしていたらきっと二人――少なくとも自分はだらけて、先のことを考えて落ち込んでしまうだろう。

考える暇もないくらい自分を追い込んで、夜はぐっすり眠る、この生活を乗り切るにはそれしかなかった。

「幸い、トレーニング用品は揃ってますし」

リビングの片隅にはベンチプレスセットとランニングマシーンがあった。ダンベルも各種の重さのものが壁際の台に乗せられている。

「最近忙しくて使っていなかったが、こんなことで役に立つとは」

朝食後、茉莉恵は藤堂と相談して練習メニューを決める。

「ダイエットなら有酸素運動を中心にしますけど、藤堂さんは必要ないから筋トレを中心にします」

ＰＣでトレーニング動画を流しながら準備体操を行う。腕立て伏せやスクワットなら道具がなくても一緒に出来た。

「腕立て伏せ、最高何回まで出来る?」

不意にそう問いかけられて茉莉恵は胸を張った。

「高校生の時に、百回やったことあります」

すると藤堂はにやりと笑った。

「俺は二百回やってた」

「嘘」

「じゃあ、競争してみるか」

二人並んで腕立て伏せを行う。茉莉恵の腕はあっという間に震えてきた。そもそも百回出来たのは一番鍛えていた高校生の時だ。

「うっ……くっ……」

五十回を超えたところで腕全体ががくがくになってきた。

「なんだ、もう終わりか?」

横を向くと余裕の表情の藤堂がいる。彼の長い腕はまだびくともしていない。

「……普段は、デスクワークだから……くっ」

とうとう茉莉恵は床に崩れ落ちてしまった。腕が痛くて仕方ない。

「大口叩いていたくせに、だらしないな……九十九、百、おまけに百一っと」

藤堂は軽々と百回腕立て伏せを終えるとゆっくりストレッチをする。茉莉恵は体を起こすことも出来ない。

「さすがにきついな、最近やってなかったから」

そう言うが、彼の顔は涼しかった。

「……悔しい」

茉莉恵はよろよろと体を起こすと、きっと藤堂を見つめた。

「決めました、腕立て伏せ百回やれるようになります」

この生活で、一つでも成果を出したかった。

「監禁生活が終わるまでに腕立て伏せ百回出来るようになる、これが私の目標です」

それを聞いた藤堂は不意にキッチンに立つとなにか始める。缶詰を開けるような音がした。

「こっちへ来い」

キッチンカウンターに歩み寄ると、藤堂が皿を差し出した。

そこには三角のツナサンドが載っている。

「筋肉を追い込んだ時は繊維が傷ついている。その直後にたんぱく質を取って休憩すると回復して強くなるんだ。俺は練習後いつもツナサンドを食べていた」

食パンにツナを挟んで切っただけのサンドウィッチは飾り気はなかったが、食べると美味しかった。

「明日筋肉痛が起こるだろう。それが治まったらまた腕立て伏せを行う。傷つけて、回復させ太くする。それを繰り返せばすぐ百回出来るようになるだろう」

「はい！」

夜は交代で夕食を作る。昨日は藤堂が料理をしたので今夜は茉莉恵がすることにした。

（わあ）

キッチンにある包丁や鍋はしっかり使い込まれている。普段から頻繁に使われている証拠だった。調味料も塩コショウや醤油だけではなく、調理酒やみりんが揃っていた。

（そういえば、昨日の料理美味しかったわ）

緊張しながら鶏肉《とりにく》の照り焼きとブロッコリーを一緒に作った。みそ汁はなめこがあったのでさっと洗って鍋に入れる。

「えっ」

その時、カウンターの向こうで小さな声がした。

「な、なんですか？」

変なことをしてしまっただろうか、藤堂が立ち上がってこちらをじっと見ている。

「なめこって、洗うのか……」

意外な言葉だった。

「……実家でこうやっていたので、好き好きなんじゃないですか」

「俺はそのまま入れていた」

「私はぬるぬるが沢山あるのが、あんまり好きじゃないので」

ちゃんと箸置きも出してテーブルセッティングをする。自分用の箸は昨日買ってきてもらっていた。

「いただきます」

「いただきます」

二人手を合わせてから食事を取る。

「本当に合宿みたいですね」

「中学の合宿はおかずを大皿に盛っていたけどな。急いで取らないとなくなってしまう」

その時、茉莉恵の脳裏にある疑問が湧き上がってきた。

「……どうして高校で柔道やめちゃったんですか」

藤堂の箸が止まった。

「……ごめんなさい、言いたくなければいいんです。でも、あんなに強かったのに」

自分の兄を軽々と投げ飛ばしたあの技はまだ目に焼き付いている。

全国大会で優勝するほど強かったのに、どうして止めてしまったのか。

「お前こそ、大学でどうして柔道をやめたんだ。スポーツ推薦で入ったんじゃないのか」

突然彼から自分の過去を言われて茉莉恵は驚愕する。

「どうしてそんなことまで知っているんですか⁈」

「一通り身上調査はしてある、当たり前だろう」

どうやら彼に隠し事は出来ないようだ。一つため息をつくと、過去の嫌な思い出を語り出す。

「……大学のコーチが、酷い人だったんです。弱い選手を平気で殴ったり、罵ったり……それで友達がノイローゼになってしまって」

同じスポーツ推薦で入った、地方出身の女の子と友達になった。実家から通っていた自分とは違い初めて一人暮らしをしていた彼女は調子を崩しがちだった。そんな彼女をコーチは狙ったように皆の前で叱りつけ、ある時は平手打ちをした。

「皆をまとめるためにやっているって言って、それが許せなくて――その子、スポーツ推薦で入ったから部活は辞められないと悩んでいた……ある日、皆の前で叱られて泣き出した彼女をコーチが張り倒したの。『泣けばいいと思っているのか』床に倒れた彼女にそのまま締め技をかけて、床を叩いても手をゆるめなかった」

締め技で床を叩かれた時はすぐやめなければならない、コーチはわざと無視したのだ。

「頭にかっと血が上って、気が付いたらコーチの体を蹴り上げて彼女から引きはがしていた――それで柔道部を辞めたんです」

目標を失ったまま、なんとか大学は卒業し就職した。

「でも、本当はもっと続けたかった。オリンピックに出れるかどうかは分からないけど、自分の限界まで試してみたかった」

　藤堂がぽつりと言った。

「その気持ちは分かる」

　食事を終え、彼は茉莉恵と並んで皿を洗いながら自分のことを語り出した。

「高校一年の大会が終わった時、父親に言われたんだ。『柔道は続けてもいいが、もう大会には出るな。目立つようなことは止めなさい』と」

「どうして？」

　親なら、子供の活躍は嬉《うれ》しいのではないだろうか。

「俺の父親は公安の上の人間で、俺も同じ道を歩ませようとしていた。いや、歩むことになっていた。柔道で強くなり、オリンピックに出るようなことになれば名前が知れ渡る、そんな人間が公安の仕事は出来ない」

「……それで、納得したの？」

　藤堂の沈黙がその答えだった。

「……あの家に生まれた人間の運命と思うしかなかった。でも、小林直虎《こばやしなおとら》とは一度試合したかった」

　小林直虎とは藤堂が出なかった全国大会で優勝した選手だった。今は八十一キロ級のオリンピック選手で、金メダルに一番近いと言われている。

「あんな強い選手は初めてだった。彼と戦いたかった。どちらが強いか、はっきりさせたかった」

その目が寂しそうで、思わず茉莉恵は彼の手を握った。

その瞬間、大きな腕がぶるっと震える。

「あ、ごめんなさい」

慌てて手を引っ込めた。いくらなんでも馴《な》れ馴《な》れしかっただろうか。

「……皿を拭こう」

その夜は二人、無言のままお互いの部屋に入った。


その夜、彼の発言が気になった茉莉恵は『公安』『藤堂』で検索してみた。

「嘘」

公安のトップ、警察庁警備局長の名が表示された。

『藤堂隆之《たかゆき》』

間違いない、苗字《みょうじ》が同じだし彼の名前の『道隆』と同じ漢字を使っている。

「局長の息子だったんだ……」

藤堂隆之を検索すると、さらに情報が出てきた。元は武家の家柄で、戦前から国の警察機関に関わってきた。政治家との関わりも深い――。

「そんな凄い人だったなんて」

そもそも、このマンションに住んでいることで気づくべきだった。東京の一等地にある低層マンション、しかもファミリータイプの広さがある。

辻の言った意味が分かってきた。

『あの人がその気になればこの国のトップにだってなれる』

家柄や資産がある、それだけではなく大勢の人にも慕われているようだ。

（そんな人が、どうして）

自分を助けるためとはいえ、一緒にいてくれるのだろう。

通常だったら決して交じりあうはずのない人間だった。

「……今だけだから」

きっとそうだ。

こんな生活はすぐ終わる。彼と、彼の親の力があればあっという間に解決するんだ。

だから藤堂は自分と部屋に閉じ込められても平気なのだ、そうとしか考えられない。

今冷蔵庫に入っている食材は三日分ほどだ。あれがなくなる頃、この生活も終わるにちがいない。

（はしゃいじゃって、馬鹿みたい）

わざわざ合宿メニューまで作った自分がおかしかった。

彼との生活に、ほんの少しわくわくしていたのだ。

ただ、責任感と正義感で自分の家に住まわせてくれているだけなのに。

「いい人なんだ」

残りの時間、せめて楽しく過ごそう。

自分に出来ることはそれだけ、そう思っていた。

だが、事態は茉莉恵の想像通りには動かない。

一週間、二週間過ぎても軟禁生活は終わらなかったのだ。


「では、失礼します」

藤堂の部下が食料品や生活用品を運んでくれる。これでもう何度目だろう。

「凄い、牛肉のこんな大きな塊」

茉莉恵は食材を冷蔵庫に入れながらあえて明るい声を出した。

「久しぶりにロースト ビーフを食べたくなって頼んだんだ」

藤堂の機嫌はまったく変わらない。この生活になってもう三週間になるのに。

（いつ終わるんだろう）

きっとすぐ解放されると思っていた。藤堂の父親は公安のトップなのだ、彼が息子をこのまま放っておくはずがないと。

だが意に反して事態はまったく動かない。藤堂もなにも言わなかった。

（そんなに困った状態なの）

彼の力をもってしてもどうしようもない、そこまでのことを自分はしてしまったのだろうか。

最初は意外に元気だったのに、だんだん弱気になってくる。

藤堂はフライパンでローストビーフを作り、肉の脂でソースも作る。

彼の表情に暗さは見えなかった。

（これが公安警察なのかな）

よく知らない女と三週間、閉じ込められても感情を動かさないのが公安というものなのか。

「……どうした、嫌いだったか？」

目の前にローストビーフとじゃがいものポタージュ、バゲットの夕食が並んでいるのに茉莉恵の手は止まったままだった。

「そんなことないです、美味しいです」

自分が今まで食べてきたどんな牛肉より美味しかった。だが、なんだか胸が詰まる。

「最近、元気がないようだが大丈夫か」

どきんとした。自分の不安を彼に察知されていた。

「……これから、どうなるんだろうって」

藤堂はぱりぱりとしたバケットをちぎりながら言った。

「分からん」

あまりに簡単な答えなので、茉莉恵は拍子抜けした。

「この状態がまだ続くってことですか？」

「そうだ、もう必要な手は打ってある。あとは結果が出るのを待つだけだ。俺たちのやれることはない」

はっきり言われて言葉に詰まった。もし、それが上手《うま》くいかなかったら……自分はどうなるのだろう。

藤堂は食事の手を止めて茉莉恵の隣に来て椅子に座った。

「暗くなるのは分かる、お前はよく耐えていると思う」

不意に褒められて、思わず彼の顔を見た。真剣な瞳が、自分を見つめている。

「本当はもっと取り乱すかと思った。泣いたりわめいたり――だがお前はこの状況に立派に対応している。特に訓練を受けたわけでもないのに」

胸が痛かった。自分が平気なように見えたのは――たぶん、彼が一緒だったから。

「安心しろ、これだけは約束する」

彼の息がかかりそうなほど、近い。

「どんな状況になろうと、お前のことは絶対に守る。それが俺の仕事だ」

その瞬間、張りつめていた気持ちが爆発した。

「うっ……！」

涙が一気に溢れて顔を覆った。彼の前で泣きたくないのに。

「ごめんなさい……こんなことに巻き込んで……私が馬鹿だったんです、変な正義感なんか出さなければ良かった」

何度も考えた。あの時自分が手を出さなければ――普通の女の子みたいに助けを呼ぶことが出来れば。

自分も藤堂も、自分の家族もこんな困難に巻き込まれることはなかったろうに。

「どうしたらいいのか分からない……いっそ、消えてしまいたい」

「よせ！」

いつの間にか自分の肩を藤堂の手が摑んでいた。

「お前のしたことは間違っていない。俺はアントニオが来日してからずっと側にいた。愛人である彼女が殴られているのも知っていた――それでも、なにも出来なかった、俺の仕事は彼の警護だったから」

彼の指が、強い。それはそのまま気持ちを伝えてくれる。

「本当は俺が止めたかったんだ、だから――お前があの時助けてやってくれて、嬉しかった。だからお前を助ける、俺が、そうしたいんだ」

藤堂の言葉に、茉莉恵はさらに涙が止まらなくなった。色々な感情の塊が解けていくのを感じる。

思わず彼の胴に抱き着いてしまう。彼は戸惑いながら自分の体を抱きしめてくれた。

(自分のやったことは、間違ってなかった)

藤堂が自分の味方でいてくれる、それだけで力が湧いてきた。

(きっと大丈夫)

全身を覆っていた黒い雲が晴れていった。

「ありがとう……」

藤堂の手が優しく頭を撫《な》でてくれる。その仕草にまた涙が出た。

だが、次第に彼の体が奇妙な形にねじれていった。

最初は自分に向かい合っていたのに、下半身だけ横にねじれていく。

(なんで?)

涙を拭くふりをして、そっと彼の体を見た。

そして、発見した、部屋着の中がはっきり膨らんでいることを。

藤堂は自分の体をそっと剝がすと、自分に背を向けて立ち上がった。

「落ち着いたら夕食を食べてしまえ、俺は先に風呂に入る」

（どうしよう）

このまま、見て見ぬふりをすべきなのだろうか。

藤堂は自分に欲望を抱いていて、それを隠そうとしている。

自分が気づかなければ、合宿の日々はこのまま続いていくだろう。

（それでいいの？）

自分はどうしたい？

このまま、ただの民間人と公安の関係でいいのだろうか。

（嫌だ）

藤堂は優しい人だ。自分と同じ気持ちを持っていた。

それに――。

（ずっと、会いたかったの）

小四の時、大会で見た時から自分は藤堂に魅了されていた。再び出会えたのは奇跡なのだ。

アントニオを止めた、あの時と同じように、勇気を出したい。

「待って！」

茉莉恵は勢いよく立ち上がると藤堂の前に回り込んだ。彼の肉体ははっきり変化している。

「こ、これは違うんだ、男性の生理的な反応だ。お前をどうかしようなどとは思っていない！」

藤堂は自分の横をすり抜けてバスルームへ向かおうとした。その腕をぎゅっと掴む。

「私、藤堂さんが好きです」

想像よりずっと簡単に、その言葉が出てしまった。

「だから、もし私を女性として見てくれているなら……嬉しいです」

藤堂の体は彫像のように固まってしまった。

「お前を守ることが俺の仕事だ、私情を入れるべきではない」

その声は暗く、苦し気だった。

「これは公安の仕事じゃないでしょ、それに……」

思い切って告白する。

「私、彼氏がいたことないんです。もしこのままマフィアに捕まって、乱暴されたら……処女がそんな風に奪われるなんて、可哀想じゃないですか？」

次の瞬間、強く抱きしめられた。

「お前は、俺が絶対守ると言っただろう！」

茉莉恵は彼の背中に腕を回して、強く抱きしめた。

「あいつらには指一本触れさせない、だから、そんなことを考えるな」

分厚い胸に顔を埋める。もうここから離れたくなかった。

（未来なんて、分からない）

理不尽な暴力で自分の生活はねじ曲がってしまった。

ならば、自分の未来を自分の意思で決めたかった。

（私は、藤堂さんが好き）

一か月暮らして、彼のことがどんどん好きになっていた。小学生の思い出の上に今の気持ちが積みあがっていく。

「私は、藤堂さんに抱かれたいです、駄目ですか？」

全身が熱かった。彼と同じように自分も火照っている。

「彼氏とか、そういうんじゃなくていいんです。今だけの関係でいい、藤堂さんとの思い出が欲しい」

藤堂は少し体を離すと、自分を見下ろす。

「そんなことを言われて、我慢できると思うか……」

ゆっくり顔が落ちてくる。茉莉恵は慌てて目を瞑《つぶ》った。

唇が温かいものに包まれる。

藤堂とキスをしている、そう感じただけで背筋がぞくぞくして立っていられない。

「ん……」

彼にしがみついて必死にキスを受け止める、やがて向こうの口から舌先が出てきた。

それが自分の唇に触れたとたん、変な声が出てしまう。

「ふあっ……」

藤堂が一旦顔を離して、驚いたように目を見開いた。

「キスも初めてなのか？」

「彼氏がいなかったっていったじゃないですか……キスだってしているはずないでしょう」

彼がふっと笑った。

「そりゃそうだ」

その笑顔を見ると、また背筋がぞくぞくする。

(好き)

想《おも》いを込めて自分から唇をつけた。藤堂の腕が自分をぎゅっと抱きしめる。高身長で肩幅の広い彼の体に包まれている――。

「……辻が、買い出しの荷物の中に避妊具を入れていた。だから」

彼の声が耳を擽《くすぐ》る。

「本当に、抱いていいんだな」

全身の震えが止まらない。女も欲情するのだと初めて知った。

「はい」

すると藤堂は自分を抱え上げ、寝室へ向かった。

「一緒に住むのを躊躇《ちゅうちょ》したのは、女として惹《ひ》かれていることを自覚していたからだ。自分の欲望を隠し通せると思っていたが、甘かった」

まったく気が付かなかった。彼の仕草にも視線にも、性的なものをまったく感じなかった。

「正直、魅力的だと思う、こんな気持ちになったのは初めてだ……」

「本当に？」

初めて彼の寝室に入る。ベッドは少し大きいが、自分の部屋と同じくらいシンプルな造りだった。

「正義感が強くて、明るくて――お前みたいな女、初めてだよ」

嬉しかった。ただ抱かれるだけでいいと思っていたのに、まさかここまで真摯な告白をされるなんて。

「私、藤堂さんのことが好きです……たぶん大会で見た時から」

兄は地元で一番強かった。負けたところを見たことがなかった。

その兄を軽々と負かした藤堂のことを、ずっと忘れられなかった。

あの時、自分は彼に魅了されてしまったのだ、初恋だった。

藤堂は自分をマスターバスルームに連れてきた。自分の部屋で使っていたユニットバスではなく、独立したバスルームだ。

「一人で入るか、それとも」

一緒に入る、という意味を悟って茉莉恵は慌てて首を横に振った。

「ひ、一人で入ります」

彼はそっと茉莉恵を下ろすと、耳元で囁《ささや》く。「洗面所にバスローブがあるから、それを着て俺の寝室に来い……下着は、つけなくていい」

耳まで真っ赤になった茉莉恵を残して藤堂は出て行った。くらくらしながら服を脱いでいく。

（私、綺麗かな）

鏡の前にいる自分は、普段の自分だった。しっかりとした肩、まな板ほどではないが、大きくはない胸、最近のトレーニングで引き締まった腹にはうっすらと腹筋が見える。

（女らしくは、ない……）

抱きしめたら折れてしまいそうな、そんな華奢な女の子だったら、不安なく藤堂の胸に飛び込めるだろう。

でも自分はそんなタイプではなかった。藤堂との日々の鍛錬で肩も腕も、腿もしっかりと硬い。

（実際見たら、がっかりするんじゃ）

急に抱き着かれて思わず反応してしまったけど、本当は好みの体じゃなかったらどうしよう。

（ばか、なに考えているの）
自分と藤堂の関係は、ここにいる間だけなんだから。
彼は自分を抱きたいと思っている。魅力的だとも言った。
それをそのまま信じるほど初心ではない。
（この状況が言わせたんだ）
もう三週間二人きりだった。藤堂の感覚もおかしくなっているのだろう。
（今だけで、いい）
自分の気持ちははっきりしている。
藤堂道隆、彼のことが好きだ。
久しぶりに湯船に湯を溜《た》めて、足を伸ばして入る。
湯気の中で呼吸をするたび、彼への想いが舞い上がっていく。
（好き）
（大好き）
自分の中に、これほど強い気持ちがあるなんて知らなかった。
人を好きになれない女だと思っていたのに。
胸が痛いほど、彼のことが愛《いと》おしい。
（藤堂さんに女として見てもらえて、良かった）

今だけの感情でも構わない。

確かに、今、彼は自分のことが好きだ、欲している。

そう思うだけで心臓が甘く締め付けられた。

風呂から上がり、鏡の前に立つと自分の姿は様変わりしていた。

体形が変わったわけではない、顔つきががらっと変化していた。

目は潤み、きらきらと輝いている。頬は紅潮していて桃のようだ。

(これが、恋の力)

どれほど化粧を丹念にしても、こんなに綺麗になれない。

素肌にバスローブだけ纏《まと》って、茉莉恵は藤堂の待つ主寝室へ向かった。


扉を開けると、彼は自分のベッドに座っている。

間接照明に綺麗な鼻筋が浮き上がっていた。

「待っててくれ、俺も風呂に入ってくる」

「はい……」

藤堂は自分の横をすり抜けて部屋を出ようとした。だが不意に強く抱きしめられる。

「駄目だ、我慢できない……いい香りがする」

バスローブの上から彼の手の感触がする。その強さがそのまま彼の情熱だった。

「キスだけ、したい……」

「私も……」

二人は立ったまま何度もキスをした。呼吸が混じりあって、温度が上がる。

「夢みたいだ」

彼がそんなことを言うので、思わず噴き出してしまった。

「どうしてそんなことを言うの？」

「お前が俺のことを好きだなんて……信じられない」

彼が自分とまったく同じことを考えていたので驚く。

「好きになるに決まっているじゃない、藤堂さんは優しいし、格好《かっこ》いいし――ご飯だって美味しい」

藤堂はやっと笑った。

「胃袋を摑んだということか」

何度も優しくキスをされて、体が融《と》けそうだった。やっと彼が離してくれる。

「少し待っていてくれ、すぐ戻るから」

広いベッドに寝かされる。まるで自分がお姫様になったようだ。

藤堂はあわただしく寝室を出て行くと、あっという間に戻ってきた。バスローブを着ている彼の髪はまだしっとりとしている。

「慌てなくてもいいのに」

茉莉恵はくすくすと笑う。

「もう、待てない……」

彼がバスローブを脱ぎ捨てると、見事な肉体が露《あら》わになった。軽々と腕立て伏せをこなす腕に、広い胸板、引き締まった腹筋、そして……。

「あ」

初めて見る男性のものは、強く前に隆起していた。恥ずかしさに顔を背けてしまう。

「怖いか?」

彼の大きな体が覆いかぶさってきた。

「いえ……はい……」

どんなに好きでも、やはり最初は怖い。柔道の試合前よりどきどきする。

「出来るだけ、優しくする」

バスローブの紐《ひも》を解かれ、前をはだけられた。とうとう彼に肌を晒《さら》してしまう。

「やっ……」

露わになった胸を思わず手で隠す。仰向《あおむ》けになるとほとんど膨らみがなくなるほどの体が恥ずかしかった。

「見せて」

彼の手が優しく自分の腕を外す。そのまま大きな掌《てのひら》で胸を包まれた。

「ひゃ……」

そこを優しく揉《も》まれると、今まで感じたことのない快楽が湧き上がってきた。胸の先端があっという間に硬くなるのを感じる。

「ここが、こんなに大きくなってきた」

藤堂は膨らんできた乳首を指で摘まむ。その感触に茉莉恵はさらに追い詰められた。

「やうう……！」

「痛いか？」

胸を摘まむ力がふっと弱くなった。

「痛く、ないの、でも、変……」

なんと言っていいのか分からない、茉莉恵は必死で口を押さえた。

「感じやすいんだな……」

彼は片方の乳首を摘まみながら、もう片方の胸へと顔を近づけていく。先端が彼の唇に包まれた時、茉莉恵の全身を激しい快楽が走り抜ける。

「ああんっ、いいっ……！」

藤堂の舌に肌を直接舐《な》められている、その感触に気が遠くなる。なにも取り繕えなかった。

「感じる、あ、あ……」

彼の下でもがくように動く。バスローブがさらにはだけて下半身も露わになった。

「全部、見せてくれ」

藤堂がタオル地の服を茉莉恵の体から剝《は》ぎ取《と》る。もう抵抗すら出来なかった。

彼の前に、全てを見せてしまった。

「綺麗だ……」

藤堂は茉莉恵を抱きしめると肩にキスをした。がっしりとしていて、コンプレックスだった部分――その部分に彼の唇が触れる。何度もキスをされて、そんなところも感じるようになる。

「可愛《かわい》いな」

そう言われて茉莉恵は思わず噴き出す。

「こんなに硬い体なのに……」

すると藤堂は怪訝な顔をした。

「なにを言っているんだ、こんなに華奢じゃないか」

とうとう笑い出してしまった。そんな単語、一度だってかけられたことがない。

「私が華奢なはずないわ、こんなに頑丈なのに」

すると彼は自分の手を取り上げた。

「見ろ、こんなに太さが違う」

茉莉恵の手は女性にしては大きく、長かった。だが藤堂の手と比べると厚みも大きさも違う。手首も細く見えた。

「女の骨は細い、手荒く扱ったら折れそうだ」

そっと自分の肩を撫でる手つきは繊細で、彼の大きさにそぐわない。

「腰もこんなに細い、足だって……」

彼の手に優しく撫でられていると、だんだん自分が本当に華奢な美女になったような気分になる。

(このままで、いいんだ)

コンプレックスも劣等感も、今は考えなくていい。

ただ無心に、彼の愛撫《あいぶ》に身を任せればいいのだ。

茉莉恵は彼の胴に手を回して、強く抱きしめた。

(好き)

もう彼への気持ちを抑えられない。

胸の奥で彼への気持ちを叫ぶ。

未来のことも、二人の環境の違いも今だけ忘れたい。

(藤堂さんが、私を愛してなくていいの)

彼はきっと、自分への義務感から勘違いしているのだ。

それでも良かった。

裸のまま彼に抱かれる、それがこんなに心地いい――。

「可愛いよ……」

藤堂も真《ま》っ直《す》ぐな気持ちをぶつけてくれる。

公安としての顔を脱いだ彼は欲望をそのまま露わにした。

「綺麗な体だ……全部、欲しい」

胸を愛撫していた唇は、そのまま下がっていく。

「あ……」

彼の顔が臍《へそ》を過ぎ、さらにその先へ行こうとするのでさすがに茉莉恵は躊躇った。

「足を、開くんだ」

藤堂の優しい命令に、おずおずと従う。

「見ないで……」

足が大きく開かれていく。想像よりずっと拡《ひろ》げられている。

「初めてなんだから、ちゃんと見ないと」

藤堂の顔がそこに近づいていく。薄暗がりの中とはいえ、恥ずかしくないわけがない。

（そこ、どうなっているの？）

自分ですらまじまじと見たことはない場所だ。彼の手が自分の腿にかかって、さらに大きく開かされる。足の筋が伸びて軽く痛む。

「見るぞ……」

とうとう指でそこを開かれた。閉じた個所《かしょ》が空気に触れて冷たい。

「やっ……」

彼の髪が内腿《うちもも》に触れる。自分の一番恥ずかしいところに息がかかる――。

「ひあ……ん……！」

とうとう体の中心に直接キスをされる。ぬるりとした感触を感じたとたん、茉莉恵の口から悲鳴が漏れた。

「や……んっ……」

感じたことのない快楽が湧き上がってくる。小さな谷間を丹念に舐められ、擽られた。そこが膨らんで、熱いものが溢《あふ》れ出《だ》す。

「濡《ぬ》れてきた……」

藤堂の声もかすれている。その響きは茉莉恵をさらに煽《あお》り立《た》てる。

「恥ずかしいっ……もう、早く……」

これ以上気持ち良くなってしまったら、自分がどうなるのか分からない――だが彼の舌はさらに狭い肉筒を責め立てた。

「小さくて、つるつるしている……いい香りがして、可愛いよ」

くちゅくちゅと舌先で入り口を掻《か》き回《まわ》す。そして小さく膨らんでいる淫芽を優しく包んだ。

「きゃうっ……そこ、駄目っ……」

そこが、これほど感じるなんて……軽く舐められただけで腰がのけ反ってしまう。じんじんと疼《うず》いて、膨らんでいった。

「おかしく、なっちゃう……！」

「なって、いいぞ」

細い芯を唇の中に包まれ、ちゅっちゅっと軽く吸われる、もう限界だった。

「あ、あ、ああ……！」

ぶるっと全身が震えた。彼の口の中でなにかが弾ける。

自分の体がこんな風になるなんて、初めての体験だった。

「どう、したの……？」

顔を上げた藤堂に茉莉恵は息も絶え絶えに尋ねる。

「どうって……」

「なにが起こったの、変になっちゃった……」

彼は温かい灯《あか》りの中で微笑む。

「なにって、いったんだよ。ちゃんと濡れているよ」

「これが、いく……」

ぼんやりしている茉莉恵の横に藤堂は寄り添った。

「まさか、初めていったのか？」

「うん」

彼は笑いながら自分の頭を撫でる。

「まったくお前は……マフィアを投げ飛ばしたくせに、こっちはまるでねんねなんだな」

「仕方ないじゃない……ずっと柔道しかしてなかったんだから。それに投げ飛ばしたんじゃなくて、足払いよ」

「分かった分かった」

藤堂の体が反転して覆いかぶさってくる。

「じゃあ、ねんねじゃなくしてやるよ」

彼は膝立ちしながら自身のものに避妊具を取り付けた。

「入るぞ……」

彼の声は低く、優しかった。その声を信じて茉莉恵は目を瞑る。

腰が持ち上げられ、足がさらに大きく開かされた。藤堂のがっしりとした腰が押し当てられる。

そして、中心に太いものが入ってきた。

「ふあ……」

想像していたような痛みはなかった。それより体を開かれる恐怖に怯《おび》えた。

思わず彼の腕を摑むと、その甲を優しく撫でられた。

「大丈夫だ、俺に任せてくれ」

大きな掌で頭を撫でられる、何度もキスをされているうちにふっと体がゆるんだ。

「はうっ」

ずずっと彼が入ってきた。自分の体の中が彼に占められている——怖さと嬉しさが同時に来て、目尻に涙が浮かんだ。

「痛いか?」

藤堂が目尻にキスをしてぬぐってくれる。

「大丈夫……でも、怖い」

自分がすっかり彼に変えられてしまう、別の世界に踏み込む恐怖だった。

「俺も怖いよ……」

意外な返事に茉莉恵は思わず彼を見つめた。

「お前とこうなって、俺はどうなってしまうんだろう」

想像だにしなかった言葉だった。彼も、自分を抱くことで別の世界に入っていくのか。

「一緒に、いてくれ」

二人、指と指を絡めた。

「俺から離れるな、絶対に守るから……」

最初に感じていた恐怖は、いつの間にか消えていた。

藤堂と一緒なら、なにも怖くない。

「離れないわ……」

彼の胴に足を絡めて密着する。体内の太いものは深々と自分を貫き、びくともしない。

藤堂は自身を埋めたまま茉莉恵の体を抱きしめ、深くキスをした。ねっとりと口の中を嘗《な》め回《まわ》され、舌を優しく嚙《か》まれる。その感触に茉莉恵はうっとりとする。

全身を愛されている——その感触が茉莉恵を甘く酔わせていた。

「お前の中が……気持ちいい……少し、動かすぞ」

がっしりとした腰がゆるやかに動き出した。中を擦られ、茉莉恵は顔を顰めた。痛くないと言ったら嘘になる。

「痛いか？」

「うん……」

「すまない、我慢してくれ……」

動きが少し速くなった。彼の息が荒くなる。

「気持ち良くて……止まらない」

彼が自分に欲情している、そのことが嬉しかった。

「好き……好き……」

茉莉恵は頑丈な肩にしがみつきながらただ彼を受け止めた。体内は熱く、ぼんやりとした感触に下半身を包まれている。

「あ、いく……！」

不意に強く腰を引き寄せられる。最奥に入った剛棒が一瞬膨らみ、なにかを吐き出した。

その瞬間、茉莉恵の体にも弱い電流が走った。

（今、達したんだ）

初めてでも分かった、彼が自分の中でいったことを。

うっすら汗ばんだ体が上から降ってきた。

「気持ち良かった……」

体内のものがずるりと外れても、二人はずっと抱き合っていた。

「痛みはないか？」

「大丈夫、みたい……」

ぼんやりとした痛みはあるが、それより彼とくっついていたかった。

「一回、風呂へいこう」

全裸のまま抱え上げられ、バスルームへ運ばれた。バスタブにはまだ湯が満たされている。

「洗ってやる」

　彼は自分を浴室に立たせると、ボディシャンプーを泡立てて全身を洗ってくれた。子供に戻ったようだ。

「気持ちいい」

　スポンジではなく、大きな掌で洗ってくれた。シャワーで泡を洗い流されると生まれ変わったようにすっきりする。

「中に入っていろ、よく温まるんだぞ」

　まるで子供になったようだ。大きな湯船に入って彼が体を洗うのを待つ。

　手早く汗を流した藤堂は茉莉恵の向かい側に入ってきた。湯が一気に溢れる。

「とうとう、こうなってしまった……」

「後悔、してる?」

　藤堂がぽつんと言うので不安になる。

「まさか」

　彼の手が膝を撫でる。

「お前を守ることは任務だと思っていた。だから、可愛いと思っても手を出すまいと――自分がこれほど意思が弱いなんて」

　その言葉が嬉しかった。彼が我を忘れるほど自分を欲してくれる、こんなに幸せなことはない。

「俺はまだ若いから危険な任務につくこともある。だから、しばらく恋人を作るつもりはない。大事なものが出来ると、弱くなりそうで」

大事なもの――それが自分のことではないと釘《くぎ》を刺されているようだ。

（分かっている）

自分は恋人にはなれない。勘違いしてはいけない。

「お前とこうなってしまって……今までの自分でいられるだろうか」

茉莉恵は湯から飛び出ている頑丈な膝小僧を撫でた。

「大丈夫よ、藤堂さんは変わらないわ――もし、私のせいで弱くなったとしたら、その分私が強くなるから」

藤堂はふっと笑った。

「それは、心強いな……」

抱きしめられ、口づけをされる。もうキスを受けることも上手くなった。

「立って……」

彼の前に立ち上がると、ちょうど下腹が視線の先に当たる。

「もう少し、足を開くんだ」

湯を滴らせている足の間に、彼の指が滑り込んでくる。

「あ……」

さっきまで擦られていたところを再び開かれる。反射的に体が強張《こわば》ってしまう。

恥ずかしかったが、腰を突き出すようにして足を開いた。彼の指がそこを大きく開く。

「見せてみろ」

「血はもう止まっているようだ。少し赤くなっているが……痛むか？」

「ううん……」

「そうか、良かった」

藤堂は茉莉恵のそこに顔を近づけて、開いたばかりの花弁に口をつける。少し腫れている粘膜を直接舐められ、腿が震える。

「やん……」

じっくりと優しく舐められていると、腫れの痛みは引いていき再び花弁がゆるんできた。とろとろと湯より熱いものが流れ出してくる。

「ひゃう……」

蕩《とろ》けた果肉の中に藤堂の指が滑り込んできた。

「安心しろ、今夜はもうしないから……ただ、もっと中を感じたい……」

狭い肉の中で指先がゆっくり動く。中の細かな襞《ひだ》を探られていると思うと、恥ずかしさで気が遠くなりそうだ。

「やだあ……」

奥の突き当たりまで指を入れられ、何度も軽く突かれる。すると前の淫芯とは違った快感が湧き上がってきた。

「あ、そこ、変……」

「ここが、感じるのか？　柔らかくて、締め付けてくる……」

うずうずとした快感は勝手に自分の肉を収縮させ、彼の指に絡みつく。恥ずかしくてたまらないのに、止めることが出来なかった。

藤堂は自分の指を埋めたまま、花弁の中で再び膨らんできた雌蕊《めしべ》に唇を近づける。

「やあ、そんな……」

中を探られたまま、一番敏感な場所に触れられたら――自分がどうなってしまうのか分からない。

「もう、こんなに大きくなっている――桃色で、可愛いな」

彼の舌先がそっとそこに触れる、全身を激しい快楽が走った。

「きゃううっ……やんっ……！」

ぶるぶるっと肉体が震える。特に火照った蜜壺は別の生き物のようにきゅっきゅっと痙攣《けいれん》した。

「凄い、中がくねくねしている……こんなにびちゃびちゃになっている……」

彼の唇が蜜をすするように蠢《うごめ》く。ちゅるっと吸われると一気に快楽が高まっていく。

「あ、いく、いくぅ……」

藤堂の指を入れたまま、茉莉恵は再び達してしまった。体内の蜜が彼の手を濡らす。

「凄く、感じるようになったな……ほら、まだ中が動いている」

「あ、駄目、そこ、触らないでぇ……」

いったばかりの蜜壺を掻き混ぜられ、快楽が止まらなくなってしまった。湯の中で、彼の肉体も隆起している。

「ゴムがないから入れられないけれど、手で触ってくれ……」

湯気の立つバスルームの中で二人はいつまでも快楽を求めあっていた。茉莉恵はその夜、何度達したか分からないほどだった。

三　逃げる女

次の日も二人は予定表通り、七時に目を覚ました。だがベッドから出ることは出来なかった。昨日から茉莉恵は藤堂と同じ部屋で寝ている。

「――今日は、合宿は休みにしようか」

「――そうですね」

昨夜散々求めあって、体の芯がくたくただった。買い置きのパンとコーヒーだけ取っていつまでもベッドの中でまどろみを楽しむ。

「藤堂、さん……」

男女の仲になったのだから、この呼び方はおかしいだろうか。

「なんて呼んだらいい？」

「……道隆」

「みちたか……さん……」

「さんはいらない」

「呼び捨ては、まだ無理」

そんな、何気ない会話も楽しかった。

「やっぱり、藤堂さんの方がいいです、言いやすい」

「分かった、だがその敬語は止めてくれ。後輩と寝ているみたいだ」

「ええ～敬語の方がいいんだけど」

まるで恋人同士の会話のようだ。茉莉恵は彼の肩に頭を乗せた。

「……もうすぐ、この生活も終わりそうだ」

自分の頭を撫でながら藤堂が言った。

「アントニオが逮捕されたの⁈」

そうならどれほど嬉しいだろう。

「いや、それはまだだ。だが今週の金曜日、俺の父がやってくる」

「お父さんが……」

公安のトップ官僚である藤堂隆之だった。

「気が進まなかったが、この件で父を頼った。ずっと音沙汰がなかったのだが、あの人がここにやってくるということは事態の進展があったのだろう」

「良かった……」

もうすぐ一か月になる。自分はともかく、藤堂がこれほど長く休職していていいわけがない。

「もし、自由になったら」

茉莉恵はどきりとした。ここに隠れていなくてもよくなったら、すぐ出て行かなくては。

「すぐ引っ越ししなくちゃね、あ、でも私の部屋はないんだった……不動産屋に行って、その間上尾の実家にでも」

ぺらぺらと喋《しゃべ》る茉莉恵の口を藤堂の指が押さえた。

「良かったら、部屋が見つかるまでここにいないか」

「え」

「部屋だけじゃない、仕事だって探さなきゃならないだろう。実家では不便なこともある。一旦住民票をここに移して、じっくり求職活動をしたらどうだ」

「いいの……」

もちろん、それが出来たらありがたいに決まっている。だがそこまで甘えていいのだろうか。

「いいんだ、仕事が始まったら俺はほとんどここにいないし――それに、急にお前がいなくなったら」

そこで藤堂は言葉を切った。

「いなくなったら、なに？」

「なんでもない、ここにいたらいい」

「教えてよ、私がいなくなったらなんなの？」

しばらく沈黙した後、ようやく彼は口を開いた。

「……寂しくなるだろう」

その言葉を聞いたとたん、茉莉恵は彼の体にしがみついた。

「嬉しい……」

藤堂は長い腕で自分を抱き寄せた。

「こんなに長い間同居していたのに、全然苦じゃなかった。合宿はあんなに嫌いだったのに」

「嫌いだったの？」

「ああ、自分の部屋もないし、落ち着かなかった。だけどお前がいるのは気にならない」

胸が熱くなった。

(私は藤堂さんにとって、邪魔じゃないんだ)

そんなことが、嬉しくてたまらない。

「ありがとう……私、藤堂さんに会えて良かった」

彼の指が自分の髪を優しく梳《す》く。

「俺もだ」

短い言葉だったが、彼の気持ちがこもっている。

「今日は出前を取ろう。他のことをしたくない……」

一日中ベッドの中にいて、何度も愛しあう、夢のように幸せだった。


金曜日、藤堂の父親が訪れる日がやってきた。午後六時頃到着する予定だった。

「なにか用意した方がいい？」

そんな偉い人間と同席したことがない。おろおろする茉莉恵に藤堂は微笑んだ。

「お前はなにもしなくていい。挨拶だけしたら、自分の部屋で待機していろ」

「はい……」

不安と期待がぐるぐると渦を巻いている。自分はこれからどうなるのだろう。

（まだここにいていいなんて）

すでにマフィアへの恐れは薄くなっていた。今茉莉恵の関心は、藤堂とのこれからの生活に移っている。

（お茶くらい出した方がいいかな）

（いや、別に付き合っているわけじゃないんだから不自然かな）

不安と期待が入り混じりながら過ごす。茉莉恵は久しぶりにタイトスカートのスーツを着て薄化粧をした。

「綺麗だな」

同じくスーツ姿の藤堂に褒められて頬を染める。そういう彼もほれぼれするような男ぶりだった。

「藤堂さん、格好いいね」

そう言うと照れ臭そうに笑った。

「毎日鍛えていたから、肩が少しきついな」

そして茉莉恵を引き寄せると軽くキスをした。

「アントニオ関係の話が終わったら、すぐお前がここに住み続けることを父に話すよ。耳に入れておかないとうるさいから……親離れできてないと思わないでくれ」

そんなこと考えるはずがない。彼の背負っているものを考えれば当然だった。

「許してもらえるといいんだけど」

すると彼の顔がむっとした。

「父に許される必要はない。俺がいいんだから」

彼の言葉が嬉しくて、思わず抱き着いてキスをしてしまった。

「あ、口紅取れちゃった」

慌てて化粧を直しているうちにインターフォンが鳴る。

「久しぶり」

部屋に入ってきたのは、白髪交じりの初老の男性だった。藤堂とはあまり似ていないが、背の高さはほぼ同じだった。

「は、初めまして」

なにより威圧感が凄かった。背後にはスーツ姿の男性が二人立っている。彼らの表情はマネキンのように固まっていた。

「こんにちは、藤堂隆之です」

意外に物柔らかな声で彼が手を差し出した。慌ててその大きな手を握る。

「なるほど、いい握力をしている。大の男を投げ飛ばすことくらい出来そうだ」

「ご、ごめんなさい、ご迷惑をおかけして……」

言葉を続けようとする茉莉恵を隆之は手で制した。

「謝る必要などない、国民を守るのが我々の仕事なのだから」

涙が出そうだった。やっぱり彼は藤堂の父親だ。

「これからの計画を道隆と話します。機密に関わることだから席を外して欲しい。すまないね」

「はい！　ありがとうございます」

茉莉恵はうきうきとした足取りで自分の寝室に入った。

（やっと終わる）

藤堂の父親はやはり頼れる人だった。あの人に任せておけば間違いない。

（終わったら、なにをしよう）

外のレストランで祝杯をあげるか、それとも家で豪華な料理を作ろうか——一緒に買い物にいってもいい——空想はとめどなかった。


「いい子だな」

茉莉恵がいなくなってから隆之はソファーに座った。

「可哀想に」

藤堂は父親の正面に座った。

「お父さん」

眉間に皺《しわ》が寄っている。

「うすうす気づいているだろう、私が自らここに来た意味を」

息子はしばらく答えなかった。

「お前の任務はなんだ、国を守ることだろう」

「……彼女だって、日本の国民です」

「国とは人間だけじゃない、利益という意味もある」

藤堂は父親の前で立ち上がった。

「まさか……彼女を見捨てるつもりじゃ」

「見捨てはしない。そんな可哀想なことはしない」

それを聞いた藤堂は再び腰を下ろそうとする。

だが、父親は続けていった。

「アントニオに渡したら酷い拷問を受けた後に嬲《なぶ》り殺《ごろ》しにされるだろう。そんなことはしない。意識がないうちに安らかに眠るのだ」

藤堂はしばらく固まった。

「それが……あなたの結論ですか」

「私と、公安の結論だ」

隆之は落ち着いている。自身が組織そのものであるかのように。

「アントニオと繋がりのある政治家に、我々は恩を売る必要がある。それはのちのちこの国のためになるはずだ」

藤堂はしばらく喋らなかった。

「もう結論は出ているのですね」

父親は息子をじっと見つめる。

「これはお前のためでもあるのだ」

藤堂の顔がきっと前を向いた。

「何故⁈」

息子とは対照的に、藤堂隆之の表情は穏やかだった。

「お前は将来公安を、この国を背負って立つ男になる人間だ。そのために視野を広く持って欲しい。国のためにどうするのがベストなのか、そういう考え方が出来るようになれ」

藤堂の口からため息が漏れた。

「あの女を抱いただろう」

息子は一瞬父親を見る。

「それを責めるつもりはない。若い男女が長い時間一緒に過ごせば自然なことだ。だが」

隆之は息子を見返した。

「お前の相手になるような女ではないぞ。少しばかり柔道の上手い、ただの女だ」

藤堂はもうなにも言わなかった。

「いつ彼女を連れていくのですか？　今日ではないですよね」

隆之は少し微笑んだ。

「本当なら今すぐ、と言いたいところだが今夜は勘弁してやる。一晩名残《なごり》を惜しむがいい。明日の十時に迎えが来る。病院で検査をするふりをして――苦しまないはずだ」

もう藤堂はなにも言わなかった。父親たちを送り出すと茉莉恵の待つ部屋に入る。

「お父さん、もうお帰りになったの？　挨拶しか出来なかったわ」

「ああ」

藤堂はベッドに座っていた茉莉恵の隣に座ると、優しく肩を抱く。

「喜べ、ようやくお前は解放される」

それを聞いた茉莉恵は弾けるように笑った。

「ああ良かった。藤堂さんとの暮らしは楽しくないわけじゃないけど、正直そろそろ外に出たかったわ」

彼は優しく頭を撫でた。

「明日十時に迎えが来る。まず体に異常がないか病院で検査するそうだ」

「別に悪いところなんかないのに……まあいいわ」

藤堂はそっと額にキスをする。

「今夜はこちらで、一人で眠ったほうがいい。体をしっかり休めて」

茉莉恵は頷いた。

「藤堂さんと一緒の方が落ち着くけど……そうね、そっちの方がいいかもしれない」

立ち上がり、部屋を出ようとする藤堂を茉莉恵は呼び止めた。

「待って」

駆け寄り、つま先立ちをして彼にキスをした。

「本当にありがとう……感謝している、命の恩人よ」

藤堂はしばらく返事をしなかった。

「……当然のことをしただけだ」

茉莉恵は微笑み、もう一度口づけをする。

「おやすみなさい、明日が楽しみ。まずは二人で散歩しましょうね」

彼は黙って扉を閉め、茉莉恵は部屋に残された。

（明日、自由になれる）

（藤堂さんと外に行けるわ）

茉莉恵は簡単にシャワーを浴びると寝間着に着替え、床についた。


不意に揺り起こされた。

目を開けるとまだ部屋の中は暗い。

「え……？」

目の前に藤堂の顔があった。

「どうし……」

開こうとした口を掌で塞がれた。彼は暗闇の中で携帯の画面を見せる。

『喋るな』

彼の雰囲気は異様だった。茉莉恵は恐れながら何度も頷く。

自分が落ち着いたのを見て、藤堂はゆっくり立ち上がり手ぶりをする、クローゼットを指さして着替える仕草だった。寝間着から着替えろということだろうか。

(なにが起こったの)

明日には普通の生活に戻れると思ったのに、いったいどうしたのだろう。

手早くジャージとトレーナーに着替えると、藤堂に続いてリビングに移る。彼はそのままベランダに出た。

(え?)

しゃがんでなにかを取り出した。どうやらロープのようだ。藤堂は手早くそれに結び目を作っていく。

「これで下りろ」

ロープをベランダの手すりに括《くく》り付《つ》けると藤堂は小さな声で言った。

「……分かった」

わけが分からない。だが、今は彼に従おう。茉莉恵はすばやく手すりの外に出ると、ロープを使って下りる。三階から地面につくまで意外に距離があったが、なんとか静かに着地することが出来た。

自分の後から藤堂も下りてきた。二人とも裸足だった。

「これを履け」

藤堂が靴を差し出してくれた。玄関にあったものだ。

「しゃがんで、ついてこい」

一階のベランダから見えないように庭を進む。表玄関ではなく、裏の通用門から外に出た。

道路には白いワンボックスカーが停車していた。足速にそこへ近づくと扉が開く。

「藤堂さん、大丈夫ですか」

運転席にいたのは辻だった。藤堂と自分が後部座席に乗り込むと車はすぐに発車した。

「いったい、どういうこと?!」

ようやく声を出すことが出来た。なにがなんだか、まったく分からない。

「……逃げるんだ」

藤堂の表情は暗かった。

「どうして？　アントニオの件は、終わったんじゃ」

「父は、お前の死で終わらせようとしていた」

茉莉恵は絶句した。

「国のためにお前の命を犠牲にしようとした。病院に連れていって、静かに殺そうとしたんだ。アントニオと繫がっている政治家に恩を売るためだ」

内容を理解するまでしばらく時間を要した。そして、理解した瞬間涙が溢れた。

「そんな……酷い……」

藤堂は黙って肩を抱き寄せてくれる。

「すまない……父がここまでするとは思わなかった。あの人を信じた俺が悪かった。たぶん部屋には盗聴器がつけられているだろう。だから安心させるため、彼に従ったふりをしたんだ」

しばらく泣いた茉莉恵ははっと顔を上げた。

「でも……逃げて大丈夫なの？　お父さんに逆らうことになるんじゃ」

彼は自分の目をじっと見つめる。

「お前を守るのが俺の仕事だと言っただろう。余計な心配はせず、俺に任せてくれ」

その言葉が胸を打った。彼は自分のために壮大な犠牲を払おうとしている。その重さに茉莉恵は震えた。

「でも、これからどこへ行くの？」

「辻、チケットを渡してくれ」

「はい」

赤信号で停車した時に彼が白い封筒を差し出した。茉莉恵が受け取り、中を確かめる。

「これって……」

入っていたのは二枚のチケット、内容は豪華客船の乗船券だった。

「横浜《よこはま》から日本の周囲を回る客船だ。一か月はかかるのでその間安全を確保できる」

チケットに記載されている名前は自分と藤堂のものではなかった。佐藤浩二《さとうこうじ》と真理子《まりこ》、それが今回の名前らしい。

（これって）

こんな時なのに頬が赤くなってしまう。どうやら自分と藤堂は夫婦の設定なのだ。

「時間を稼ぐ必要がある。時間が経てば経つほど俺たちに有利だ」

車は高速道路に入り、横浜方面へ進む。

「アントニオは今逃亡している身だ。お前をいつまでも追っているわけにはいかない。ＤＥＡ（アメリカ麻薬取締局）は彼を拘束する準備をしている。逮捕の令状があれば日米の犯罪人引渡し条約で日本でも逮捕、拘束することが出来る」

自分とはかけ離れた話題だった。ただ、とにかく今は逃げなければならない。

（でも、彼がいてくれる）

茉莉恵は藤堂の大きな手を握った。

「どこでも行くわ、藤堂さんが一緒なら」

彼の表情がふっとゆるんだ。

「当たり前だ、俺がいなかったらなにをしでかすか分からない。また男相手に暴れられたら困る」

「もう、いつも喧嘩してるわけじゃないから」

やがて港の灯りが見えてきた。夜が明け、朝日が差してくる。

高速を下りて横浜港に到着する。桟橋には巨大な客船が泊まっていた。

（凄い）

まるでビルが海に浮いているようだ。茉莉恵と藤堂が車を降りると、辻がトランクから小さなボストンバッグを取り出して彼に渡した。

「ご依頼のもの、なんとか揃いました」

「すまないな、ありがとう」

「これを使うことになるでしょうか」

「分からん、とにかく持っていく」

自分たちが桟橋に近づくと、背広を着た男性が出迎えてくれた。

「佐藤様、お待ちしておりました。お荷物は……」

藤堂はボストンバッグを持ってない方の手をひらひらさせる。

「実は仕事場から直接来たので、着替えなんかはなにも持ってないんだ。最低限身の回りのものは揃っているかな」

（それ、洋服とかじゃなかったの？）

てっきり生活必需品を入れてあるのかと思った茉莉恵はきょとんとした。

男性は落ち着いた様子で頷いた。

「もちろんです。お部屋で過ごす用の服はございますし、スーツなどはレンタルもございます。なにも持たず、身一つで大丈夫です」

そういえば自分は部屋着のような格好だった。それでも男性はいぶかしむことなく部屋に案内した。

「わあ……」

そこは客室の中でも一番上の階にあるスイートルームだった。窓の外からは朝の横浜港が見える。

「朝食の後出航になります。それまでおくつろぎください」

男性が出て行って、藤堂と二人きりになった。再び元の生活に戻ったのだ。

「なんだか、夢みたい」

ほんの二時間前まで赤坂のマンションにいたのに今は海の上にいる。

「疲れたろう、シャワーを浴びて食事まで休むといい」

そういう彼の方が疲れているようだ。

「藤堂さんが先にシャワーを浴びて、少し横になって頂戴。私はマンションで少し寝ているから大丈夫」

きっと彼は逃亡の準備で一晩寝ていないはずだ。表情がやつれている。

「そうか……そうさせてもらうよ」

藤堂は浴室へ向かい、しばらくしてシャワーの音が聞こえた。戻ってきた彼は寝間着に着替え、すぐベッドに横になる。そこから窓の外の海がよく見えた。

「ありがとう……」

彼のベッドの縁に座って、その背中に手を当てた。

「お父さんに逆らってまで助けてくれて、本当に感謝している。なんて言ったらいいか、分からないけど……嬉しいわ」

藤堂はしばらく黙っていた。

「……感謝しているのは、こっちの方だ」

大きな背中がこちらを向く。

「父親が、いや、組織がお前を犠牲にしようとしたのに、まだ俺を信じてついてきてくれる。正直、もっと怒ったり泣きわめいたりすると思っていた。もう自分のことも嫌いになるかと……」

言われてみればそうだ、自分は殺されかけたのだ、よりによって国の組織によって。

だが、意外に自分は動揺しなかった。

それはたぶん、藤堂が自分の味方でいてくれるから。

誰に裏切られても、彼が自分の側にいてくれれば平気だった。

「藤堂さんのおかげよ。お父さんに逆らってまで私を逃がしてくれる」

「当たり前だ」

藤堂の目つきがきつくなる。

「こんなことを許したら組織が駄目になる。公安はどこからも独立して国の安全を守らなければならない。政治の事情に左右されてはいけないんだ」

彼は起き上がると自分を抱きしめた。

「お前を守ることが俺の救いになる、もしそれが出来なかったら……組織を嫌いになるかもしれない。俺が公安でい続けるために、お前を守る」

その言葉を聞いて嬉しかった。

正直彼の重荷になっているんじゃないかと思っていたのだ。

（私、ここにいていいんだ）

それだけで百人力だった。

四　海の上の女

朝の十時に客船は出航した。

船内にはレストランやシアターを始め、ありとあらゆるアクティビティが揃っている。船の上にプールまであった。

「久しぶりに外の空気を吸えたな」

「本当ね」

幽閉の状況は変わらないが、あのマンションにいる時より自由に感じる。周囲の客は老夫婦が多く、若い人間は自分たちくらいだ。

「設定を決めておこう。俺たちは新婚夫婦で、親が金を出してこの船に乗っている――」

商社勤めの夫婦、新婚旅行でここに乗っている。親の設定はぼろが出ないようあまり話さないことにする。

何故こんなことをしなければならないかと言うと、乗船客は基本時間を持て余しているので若い自分たちに興味津々なのだ。

茉莉恵がトレーニングルームでエアバイクに乗っていると、隣の老婦人に話しかけられた。

「お若いのに船旅なんて素敵ね、退屈じゃない？」

「いえ、そんなことありません」

命からがら逃げてきたのだから退屈どころではないのだが、そんなことを上品な老婦人に打ち明けるわけにはいかない。

「東京のどこにお住まいなの？　私たち、クルーズで知り合った方とよく食事会を開いているのよ。良かったら真理子さんもどうかしら」

「あの、新婚旅行が終わったらすぐ仕事なので……」

「あら、お仕事なんかされているの」

茉莉恵はほうほうのていでエアバイクを切り上げ、自分の部屋に引っ込む。

「まいったな……」

藤堂も仕事のことを散々探られ、嘘をつくことに疲れてしまったようだ。

出航一日目で藤堂は周囲からの質問攻めにすっかり嫌気がさしてしまったようだ。それは茉莉恵も同様だった。

「これから食事は部屋で取ることにしましょうよ」

部屋で食事を取り、甲板をランニングする以外は外に出なかった。トレーニングルームでマシーンを動かしている間もひっきりなしに話しかけられるからだ。

窓の外は美しい海、食事は美味しいし映画も本もふんだんにある。それでも——。

「退屈だ……」

藤堂の言葉に、茉莉恵もまったく同感だった。マンションにいた頃はほぼ自炊、掃除や洗濯もしていた。それがいい暇つぶしになっていたと今気が付いた。

「仕事、別に好きじゃなかったけど働いている方がましだわ」

「俺もだ、時間の過ぎるのがこんなに遅いとは」

藤堂ががばっと起き上がる。

「厨房《ちゅうぼう》で皿洗いでもしようかな」

「ええっ」

「裏方なら目立たないし、いい時間つぶしになるんじゃないか」

茉莉恵は思わず噴き出した。背の高い彼がせっせと大量の皿を洗っているところを想像するとおかしくて仕方がない。

「皿洗いなんて出来るの？」

「もちろん、学生時代はファミレスでバイトしていた」

「じゃあ私はランドリーで働こうかしら。アイロンがけは得意だから」

二人顔を見合わせて笑う。

「どうやら二人とも、有閑クラスにはなれないようだ」

生まれた時から一般庶民の自分はともかく、元武家の家の出で自分よりずっと富裕なはずの藤堂も同じ感覚であることが嬉しかった。

茉莉恵がそう言うと彼は顔を顰める。

「金持ちなのは親や親戚で、俺じゃない。もちろん恵まれているという自覚はあるが、なにもせず生きていられるほど甘い一族じゃない」

藤堂一族は官僚か公安、あるいは一流企業に入社することが義務づけられている。そこから外れた人間への扱いは酷いものらしい。

「俺の父は本家の次男で、なにかあったら本家を継ぐべく育てられた。あの人にとって、子供は藤堂家へ捧《ささ》げるものなんだ」

彼の寂しげな様子が気になった。

「……お父さん、心配しているわね」

自分に逆らって消えた息子のことを案じているのではないだろうか。

だが彼は首を横に振った。

「いいや、怒っているだろう。俺が一人息子じゃなかったら勘当して公安も辞めさせていたかもしれない。戻っても、もう元の部署には戻れないだろうな」

思わず茉莉恵は彼に抱き着いた。

「ごめんなさい、私のせいで……どうやって償ったらいいのか」

藤堂は自分の背中を優しく叩いた。

「前に言っただろう、これは俺が選んだことだ。俺が公安を嫌いにならないためにやったことなんだから、首になっても後悔しない。皿洗いでもなんでもやって生きていくだけだ」

茉莉恵は再びおかしくなってしまった。

「どうして皿洗いにこだわるの？」

すると彼はちょっと微妙な表情になった。

「俺は公安の他はそれしか出来ないから……初めてのバイトはファミレスで、最初ホールスタッフをしていたのだが顔が怖いと言われて皿洗い係になった。他の仕事は無理なんだろう」

茉莉恵はとうとう腹を抱えて笑い出した。こんなになんでも出来る男が『皿洗いしか出来ない』と思い込んでいることが面白くて仕方がない。

「そんなに笑うな、こら」

体を震わせて笑っている茉莉恵を藤堂はベッドの上に引き寄せた。

その顔を両手で包んでキスをする。

「ふふ、新婚なんだからそれらしいことをしなくちゃね」

彼の目が熱を持つ。

「そうだな……俺たちは佐藤夫婦なんだから」

乗船してからまだ一度もしてなかった。二人とも身を隠す緊張でそれどころではなかったのだ。

ゆっくりとキスをすると、以前の熱が蘇ってくる。

「ゴムは……あるから」

藤堂はベッドサイドの棚から小さな箱を取り出した。そして茉莉恵の服を脱がせていく。

「恥ずかしい……」

客船のスイートルームは壁の半分が窓である。今は穏やかな太平洋の海原だ。

「カーテン、閉めて……」

電動のカーテンスイッチを入れようとした。その手を藤堂に止められる。

「誰も見ていないから、このままでいい」

「でも……」

「お前の体を、よく見たいんだ」

藤堂の手で全て脱がされていく。陽光に茉莉恵の白い肌が柔らかく光っていた。

「綺麗だ……」

藤堂も上半身のシャツを脱いだ。逆三角形の肉体が露わになる。

「あん……」

首筋から肩に甘く歯を立てられる。肌がどんどん敏感になっていく――。

小さな乳房の上の突起はすでに熱を持っていた。彼の唇がそこを優しく包み、吸い上げる。

「あ、感じる……気持ちいい……」

明るい光の中でされることに茉莉恵はかえって刺激されていた。自分が自分でなくなっていくようだった。

「後ろを向いて」

言われるまま体を反転させると、藤堂は背後から自分を抱きしめうなじから唇を這《は》わせていく。

「やああ……」

背骨を舌でなぞられると、ぞくぞくと電流が走った。肩甲骨を軽く噛まれ、背後から回った手が乳房を優しく揉む。

「熱い……」

乳房を揉んでいた右手がそのまま下がり、足の間に入る。そこはもう、指が沈むほど濡れていた。

「あふ……」

「もう、こんなに濡れている……」

とろとろと掻き回されると、もうそれだけで腰が震えてしまう。刺激を待ち構えていた花弁は、自ら開いて指に絡みつく。

「ここも、膨らんでいる」

長い指に淫靡《いんび》な真珠を探られ、蜜の中で転がされる。

「やん、駄目ぇ……」

なぶるような愛撫に、あっという間にいってしまいそうだ。体の力が抜けて、抱きしめられていなければ倒れてしまいそう。

「後ろから、見せてくれ」

茉莉恵はそのまま前に倒され、四《よ》つん這《ば》いの形になった。彼の目の前に火照った果肉が晒される。

「綺麗だ……桃色で、つやつやしている」

「やだあ、恥ずかしい……」

顔を枕に押し当てて羞恥を堪える。自分の顔を彼に見られたくなかった、きっとぐちゃぐちゃになっている。

「きゃう……！」

ぷっくりと充血した花弁の真ん中に、彼の唇が押し当てられる。くねくねとよく動く舌が侵入してきた。

「ふああ……」

長く分厚い舌が、狭い肉の中に入ってくる。奥を探るように動かされて茉莉恵は気が遠くなった。

「いやあ……許してっ……」

直接粘膜を舐められる恥ずかしさに体を焼かれる。藤堂は茉莉恵の反応にさらに煽《あお》られたように舌先を進めた。

「ひゃうっ……」

奥でひくひくと蠢く舌の感触に、全身が震えた。自分の奥がかっと熱くなって。蜜が迸《ほとばし》る。

「や、なに……」

びくびくと蜜壺が震えてそれが止まらない。小さな絶頂が何度も訪れて、やむ気配がなかった。

「凄いな、ずっとひくひくしている……見ているだけで興奮する」

藤堂は手早く下半身も脱ぐと、自身に避妊具を取り付けそのまま挿入する。

「はう……」

痙攣している花弁の中に太いものを突っ込まれて思わず茉莉恵は呻《うめ》いた。

「中が……熱い……摑まれているみたいだ」

意識していないのに勝手に体が収縮して彼を咥《くわ》えてしまう。もっと、もっと……欲しがっている。

「向こうへ進んで」

藤堂は背後から繋がったまま窓際へ移動した。茉莉恵の目の前に大海原が広がっている。

「あ……」

そのまま上半身を持ち上げられた。分厚い窓のアクリル板に手をついて体を支える。

「綺麗だ……」

窓に自分と藤堂が映っている。彼と繋がっている自分の体は波を映して青白く発光している。

「ああ……もっと……」

藤堂の手が自分の体を愛撫している。胸や腹の上を優しく撫でる——それに合わせて自分の肌も敏感になっていく。

「全身が、感じるの……」

「俺もだ、お前に触れていると、気持ちいい……」

彼の熱い息が耳にかかった。その瞬間、全身が震える。

「あ、ああ……！」

太いものを入れたまま、茉莉恵は達していた。火照った果肉の奥からじわりと果汁が溢れる。

「ぴくぴくしている、気持ちいいか？」

「いいの……凄く、いい……」

まだひくついている内部を太いもので擦られる。押し広げられて、自分の形が変わっていく。

(かたちが、感じる)

最初は圧迫感だけだった行為は、何度も繰り返すうちに快楽に変わっていった。自分の肉体が変化していく、ほんの少しの恐れと、喜び――。

「もっと、奥まで、して――」

茉莉恵の求めに、藤堂は彼女の体を反転させた。正面から組みあう形になる。

「ああう……!」

腰を持ち上げられ、ぐうっと奥まで刺し貫かれる。彼の肉体はさらに硬度を増し自分の肉をえぐった。

「気持ちいいよ……」

二人はしっかりと繋がったまま抱き合う。深く繋がったままの肉体はそこから融けあって一つになりそうだ。

「可愛い……」

不意に囁かれて、気が遠くなるほど嬉しかった。

(愛している)

今の気持ちに一番近い言葉。

それは、口に出せない。

（藤堂さんは私を愛してないんだから）

逃亡中の異常な状況が二人を結び付けている。

この状況で、彼の愛まで求めてはいけない。

きっと、彼は困るだろう。自分の愛に応えられないのだから。

「あ、もっと……欲しい……」

だから、せめて一番近い言葉を使った。すると彼が体を起こして激しく貫かれる。その激しさが彼の想いを表しているようで、喜びが体を駆け抜ける。

「凄い……ああ、壊れそう……」

「欲しい……俺の方が……これで、分かったか？」

「分かった、分かったから……あ、ああ……」

彼のものが体内で膨らむのが分かった。やがて、がっちりと体を固定されると奥深くで破裂する。

その瞬間、茉莉恵は何度目かの絶頂を迎えた。

「ああ……良かった……」

二人は繋がったまましばらく抱き合っていた。肌の上に大海原の模様が映っていた。

横浜港を出て客船は清水《しみず》港に停泊した。ここで下船する人や、新たに乗船する人、観光に向かう人もいる。

茉莉恵と藤堂は目立たぬよう下船せずずっと船内にいた。

少し人気がなくなった甲板で茉莉恵は外の空気を吸っていた。埼玉で育ったので今でも海が珍しい。

「こんにちは」

不意に話しかけられた。車いすに乗った老夫人と、それを押している老紳士だった。

「こ、こんにちは」

茉莉恵は警戒したが、二人はただ会話の相手を欲しがっているだけのようだった。

「私は足が悪くて、外に行きたくないの」

彼らは茉莉恵のことはあまり聞かず、主に自分たちの思い出話を話してくれた。それなら無理なく聞くことが出来る。

山森《やまもり》という夫婦は元商社マンの夫と専業主婦の妻で、贅沢《ぜいたく》せず貯金をしてきた。八十歳の記念に子供たちがお金を出し合ってこのクルーズをプレゼントしてくれた――。

「こんなにゆっくり出来たのは久しぶり、家にいるとつい家事をしてしまうの。手すりがあれば動けるからね」

足が弱ってもまだ家事を止めない老婦人に茉莉恵は感動していた。

「でもね」

老婦人はいたずらっぽく笑う。

「子供たちには悪いけど……正直やることがないと退屈だわ。自分で家事をしたいくらいよ」

茉莉恵は嬉しかった。自分たちとまったく同じ気持ちだったからだ。

「私たちもです！　あの……夫も『皿洗いでもしたいくらい』と言っていました」

藤堂のことを『夫』ということに気恥ずかしさと、甘い喜びがあった。三人は笑いあう。

「良かったらたまに話し相手になって頂戴。年寄りの話なんて退屈でしょうけど」

「そんなことありません、こちらこそよろしくお願いします」

嬉しかった。久しぶりに藤堂以外の人間と話すことが出来た。

夜になり、船外に出ていた客たちが戻ってきた。清水港から乗船する人間もいる。

「実は……」

夕方のランニングから戻った藤堂が神妙な顔をしている。

「ダンス⁈」

明日客船は清水港を出発する。そこで客同士の交流を深めるためダンスパーティーを催すらしい。

「断ろうと思ったんだが、あまり部屋に閉じこもっているのも良くないと思うんだ。怪しまれそうで」

「でも、私ダンスなんか出来ないわ」

「俺が出来る」

「えっ」

「どこの国へ行っても大丈夫なよう、一通り社交の方法は習った。もちろん上手ではないが」

　思わず想像してしまう、タキシードを着た藤堂が優雅にダンスをしているのを。

（ハリウッド映画みたい）

だがうっとりしている場合ではない。自分はハリウッド女優の立場ではないか。

「でも私は無理よ？　そもそもダンス苦手だもの」

学校で創作ダンスの授業があったが、本当に苦手だった。そもそもリズム感がないのだ。

「俺が教える。そんなに難しくないよ」

彼に手を取られて引き寄せられる。腰に手の感触があった。

「右、右、左……基本は男性の動きに合わせればいい、音楽もゆっくりだから、慌てないで」

　確かにステップは簡単であっという間になれた。だが藤堂ではない男性とこんなに密着するのは抵抗がある。

「ドレスとスーツは客船側が貸してくれるそうだ。後で見にいこう」

藤堂が乗り気なのが意外だった。

「そんなに出たいの？　私、気が進まないわ」

すると彼は奇妙な表情になった。

「別に、出たいわけじゃないんだが……」

「じゃあ、何？」

不意に胸に抱き寄せられる。

「ドレス姿が……見たいと思って……」

思わず顔が熱くなる。

「……私も……藤堂さんのスーツ姿は見たいわ」

二人ともずっとカジュアルな服装ばかりだった。逃亡中だから仕方ないとはいえ、味気ないといえば味気ない。

「分かった、出ると決まったらきちんとしましょう」

二人で貸衣装部屋に向かい、服を選んだ。普通のワンピースもあったが、思い切って赤いロングドレスを試着する。

「まあ、背が高いからお似合いですね」

ずっと鍛えていたせいで引き締まった背中が見える。まるで女優になった気分だ。

藤堂はカマーベルトのついたタキシードを選ぶ。それを着た彼を早く見たかった。

「あら、結婚指輪はされていないんですか？」

貸衣装部屋の店員に言われて二人ともはっとした。夫婦設定なのに、指輪までは用意できなかったのだ。

「特注で作っているので間に合わなかったんです。式にはダミーを使いました」

藤堂がすらすらと返答した。さすが公安だ。

すると店員の女性がジュエリーボックスを持ってきた。

「では、ダンスの間だけでも仮の指輪をお付けになりませんか？」

箱の中にはシンプルな金や銀のリングが並んでいる。もちろん合金の安価なものだが、充分美しかった。

（どうしよう）

ただのふりなのに、手を伸ばすことが出来ない。

結婚指輪はそれほど重いものだった。

（断ろうかな）

頭の中で言い訳を考えている間に藤堂がすっと手を伸ばす。プラチナに似た指輪をいくつか摘《つ》まみ上《あ》げる。

「お前、今の指輪サイズはいくつだ？」

「えっ……」

「クルーズに来てから食べ過ぎて指がむくんだと言っていただろう」

からかうような言葉にふっと気分が軽くなる。

「そんなこと人前で言わないでよ！　……十号よ」

長年柔道部にいたせいで自分の指はごつごつしていた。白魚のような指には程遠い。それが密《ひそ》かにコンプレックスだった。

藤堂はそんな自分の左手を取ると、薬指に銀の指輪を嵌《は》める。

それは何度も繰り返したかのようなスムーズな仕草だった。白く光るリングは薬指にすんなりと収まる。

「まあ、お客様は指が長いのでお似合いですね。エンゲージリングもご用意いたしましょうか」

「はい、お願いします」

自分が答えるより早く藤堂が承諾してしまった。店員はいそいそと別のジュエリーボックスを持ってくる。

「旅行先で紛失するのを恐れてイミテーションをお付けになる方は多いんですよ」

黒い天鵞絨《ビロード》の指輪ケースにはきらきらと光るジルコニアを嵌めたリングが並んでいた。茉莉恵の目には偽物かどうかも分からない。

「これがいいんじゃないか、本物のエンゲージリングと似ているし」

藤堂が選んだのは驚くほど大きなエメラルドカットのジルコニアがセッティングされた銀のリングだった。

「そ、そうね、こんな感じだったわ」

店員が大げさに褒める。

「まあ、素晴らしいお品を贈られたのですね。奥様はお幸せだわ」

茉莉恵は引きつりながら笑うしかない。藤堂はこの状況を明らかに楽しんでいる。

「一緒に選んだんですけど、彼女が一番引き立つものがこれだったんです。エメラルドカットのDカラーでね」

「まあ、素敵！」

(何色ですって？)

自分は単語の意味すら分からなかった。

「あまりに高価なので彼女が怖がって持って来なかったんです。でも、やっぱり持って来れば良かったな」

イミテーションの指輪をつけた自分の指を藤堂がじっと見ている。そんなことをされると本当に自分が高価なダイヤの指輪を持っているような気分になってきた。

「だって、海に落としたらどうしようって思ったんだもの。怖くてつけられないわ」

気が付くと自分の口からもすらすらと嘘が出てくる。

「でも、海の上で見る指輪と君はきっと綺麗だ」

そう言って自分を見つめる藤堂の顔はこの上なく真剣だった。

「……そうね、やっぱり持って来れば良かったかしら。もったいなくてずっと家の金庫に入れてあるものね」

偽りの幸せな暮らしを語ることが、意外だったが楽しかった。詐欺師の気持ちはこういうものなのだろうか。

「船内には貴重品入れがございます。紛失がご心配でしたら、そこに預けることも出来るんですよ」

店員が見つめあう二人にそっと囁いた。

「そうだったんですね、知っていたら指輪を持って来れば良かったわ」

「次いらっしゃる時はぜひそうなさってください。私もそれほど大きなダイヤモンド、一度拝見したいですわ」

指輪の他にネックレスとイヤリングを選んで身に着けることにした。

「お前は美容室で髪を整えてもらうといい。俺は部屋で着替えるから」

そう言って藤堂は去って行った。茉莉恵はドレスと靴、それにアクセサリーを持参して船の美容室へ入る。久しぶりに化粧をされ、髪を巻かれる。

赤いドレスに赤い唇、銀のパンプスに履き替えた茉莉恵は自分の部屋に戻った。木の扉を開けると――。

「わあ……」

タキシードに着替え、髪を綺麗に撫でつけた藤堂が目の前にいた。いつも格好いい男だが、こういう服装だと一段と男ぶりが上がる。

「綺麗だよ、思った通りだ」

彼の目が眩《まぶ》しそうに細まる。

「本当に？」

「ああ、お前は背が高いからロングドレスが似合うと思っていた。その赤もよく映えている」

彼にそう言われて嬉しかった。武骨で女らしくないという自意識が消えていく。

「その指輪も、ネックレスも似合うな」

そっと手を取られてシンプルなリングとエンゲージを重ね付けした薬指を見つめられる。明るいところでよく見ればイミテーションと分かるのだが、自分にとっては初めて彼から贈られた大事なものだ。

「アクセサリーのことはよく分からなかったが、女性が身に着けると綺麗なんだな」

彼の指がそっと首筋をなぞった。

「これも偽物よ」

「それでも綺麗だ」

胸がちくっと痛む。二人一緒に婚約指輪を選ぶ、そんな未来は来ないのに。

(夢、見させないでよ)

今だけでいい、なんて嘘だ。

本当はずっと一緒にいたい。

(そんなこと、望んじゃいけないのに)

藤堂が自分みたいな女を抱いてくれるのは、公安としての使命感が混じってしまっているから。

(藤堂さんに似合うのは、こんな大きなダイヤが似合う女性)

「さあ、行こうか」

悲しさを押し殺し、差し出された腕に摑まり、一歩を踏み出す。客船のホールではすでに軽やかな音楽が流れていた。

以前映画で見た豪華客船のように生演奏ではなかったが、大きなスピーカーから美しいワルツが流れている。だが今のところ誰もホールで踊ってはいなかった。

周囲には着飾った男女が立っているが、皆所在なさ気にきょろきょろしている。欧米と違い、皆ダンスパーティーに慣れていないのだ。

「佐藤様、お待ちしておりました」

ダンスパーティーの司会をしている船長が駆け寄ってきた。

「皆様恥ずかしがってホールに出ていらっしゃらないのです。佐藤様が先陣を切っていただければ助かるのですが……」

茉莉恵は思わず藤堂の顔を見る。自分だって人前で踊るのは初めてなのだ。

彼は自分の視線を感じて軽く頷いた。

「大丈夫だ、やってみよう」

「ええ？」

「せっかくドレスを着たのだから、踊らなければもったいないだろう」

戸惑いながら彼に導かれてホールの中央へ出る。だがどう動いたらいいのか分からない。

「さあ、行こう、一、二の、三」

藤堂が一歩下がったので茉莉恵も慌てて踏み込む。

「ゆっくりでいい、俺の動きに合わせるんだ」

「う、うん」

彼に必死でついていく、やがて足がスムーズに動くようになった。

（あ）

ようやく耳にワルツのリズムが聞こえてきた。今までは緊張で音楽どころではなかったのだ。

「素敵、映画みたいね」

「美男美女だな」

周囲が自分たちを見ているのも分かった。恥ずかしくて思わず俯《うつむ》く。

「どうした？」

「恥ずかしくって、皆見ているもの」

「見られてもいいじゃないか」

「私のこと、美女だって、おかしいでしょ」

藤堂がハンサムだから自分まで底上げされている気がする。

だが彼はきょとんとしていた。

「なにかおかしいか？」

「だって……私、美人じゃないでしょ？」

何故か藤堂はむっとした。

「どうしてそんなことを言うんだ、綺麗じゃないか」

なんと答えていいのか分からない。美人の人生など生きてこなかったから。

「……そんな風に言うの、藤堂さんだけよ」

何故か、彼の目には自分が美女に映っているらしい。どんな魔法がかかっているのだろう

か。

彼は自分の腰を引き寄せると囁く。

「お前は美しい、それでいいんだ」

彼の声は美しく、心に沁《し》み込《こ》んでくる。

(信じよう)

彼が美しいと言ってくれるから、体の中から力が湧いてくる。

生まれた時から美人だったような気分になってきた。

(私は美しい)

顔を上げ、堂々とステップを踏む。赤いドレスの裾が翻った。

二人の様子を見ていた周囲の人間がざわめき出す。

「ダンスっていいわね、私も踊ってみたくなっちゃった」

「久しぶりに踊ってみようか」

一組、二組とダンスホールに歩み出すカップルが現れた。皆それぞれに着飾っている。華やかな花柄のワンピース、老婦人のニットセットアップ――寂しかった空間がだんだん華やかになっていく。

「あ、山森さん！」

昼間茉莉恵が知り合った老夫婦を見つけた。車いすの妻は普通のワンピースを着ていたが、胸に真珠のブローチをつけている。

「佐藤さん、とっても素敵だったわ。ダンスパーティーなんて気が進まなかったけど、来て良かった」

驚いたことに夫人の目には涙が浮かんでいた。自分の行為でこれほど感動してくれるなんて――茉莉恵の方こそ泣きそうだった。

「私も踊ってみたかった」

夫人がぽつんと言った。

「夫とよく洋画を見たわ。綺麗な女の人とヒーローが舞踏会で踊るのよ。話はあんまり好きじゃなかったけど、ああいう場面は好きだった。いつか、私も踊ってみたいと思っていたわ」

「そうだったのか？」

夫が驚いたように言う。

「あなたは映画のストーリーや車のことばかり話していたじゃない。そんなこと言えなかったわ。私は『綺麗な場所だな、あんなところに行ってみたいな』と思いながら見ていたわ」

夫人はくすくすと笑った。夫は苦虫を噛《か》み潰《つぶ》したような顔になる。

「なら、今踊ろうじゃないか。君だって支えられれば立てるだろう？」

「それは立っているだけよ、踊るなんて無理よ」

抵抗する妻を夫は強引に立たせる。確かに体を支えるくらいは出来そうだった。

「お医者様も言っていただろう。出来るだけ立って、筋肉を鍛えなさいって。このままだと寝たきりになってしまうぞ」

夫妻は向かい合ってダンスの形をとる。だが夫は支えきれずによろけてしまった。二人はほぼ同じ背丈で、妻がややふくよかなので体重も同じくらいらしい。

「ほら、止めなさいよ。もう座らせて……」

車いすに戻ろうとした妻を、藤堂が支えた。

「私と一緒に踊りましょう」

「ええ?」

彼のがっしりとした腕は軽々と妻を支えている。

「山森さん、いいですか」

藤堂が夫に尋ねると、彼が答えるより先に妻が返事をした。

「まあ、この人に許可を貰《もら》う必要はないわ。自分のことは自分で決めるのよ。私は佐藤さんと踊りたいです、それでいいでしょう」

佐藤と呼ばれた藤堂は明るく笑った。

「分かりました、では行きましょう」

夫人はどうやら左の膝を悪くしているようだった。藤堂は自分の右手を彼女の脇から背中に回してしっかりと彼女の体を支えている。

音楽は緩やかなワルツだった。背の低い夫人を抱えるようにして藤堂は踊り出す。

「わあ、素敵」

もちろん軽やかなステップというわけにはいかない。だがよそ行きのワンピースを着た夫人の表情は明るかった。白粉《おしろい》をはたいた頰が桃色に染まっている。

「良かった、いい思い出が出来て」

茉莉恵の側にいた夫がぽつんと言う。

「結婚してからずっと仕事ばかりで、やっと旅行が出来るようになったら娘の子育て、手が離れたら膝を壊してしまって……この旅行は私が半ば無理矢理連れ出したんです。放っておくと一日家から出ないので」

茉莉恵は胸が熱くなった。夫は不器用ながら妻を愛しているのだ。

「また映画に行くのはどうですか？　車いすの座席もありますよ」

すると夫は首を横に振る。

「いやあ、僕は最近のＣＧ多用しているタイプは苦手でね」

二人が歓談している間に藤堂と夫人が戻ってきた。

「ああ、楽しかった！　ダンスってこんなに楽しいのね。もっと早く習えば良かったわ」

夫人は微笑みながら車いすに座る。

「良かったな、戻ったらリハビリをもっと頑張ろう。そうすればまた歩けるようになるかもしれない」

頬を赤く染めた夫人はにっこりと笑った。

「そうね、私もまだダンスが出来るかもしれないわね」

茉莉恵は藤堂と顔を見つめあって笑った。自分たちで彼らの力になれたのなら、こんなに嬉しいことはない。

四人は丸テーブルに移動してしばらく歓談していた。

「清水港から結構乗船してきたのね。あの方たちなんかお二人と年が近いんじゃない？」

言われてみれば、今ホールの中心で踊っているのはスーツ姿の青年と女性だった。女性の方はドレスも巻いた髪も自分よりずっと華やかだった。

「あの人たち、素敵ね」

見事なステップで踊り終えた時、そのカップルがこちらに向かってきた。

「先ほどお二人のダンスを見てましたよ。ぜひ私どもと踊っていただきたい」

丁寧に手を差し出されて思わずたじろぐ。

「わ、私は初心者なので……」

藤堂はそっと背中を押してくれた。

「行ってこい、自信を持て」

恐る恐る再びホールに踏み出す。相手の男性は優しくリードしてくれた。

「私は小平《こだいら》といいます、お名前をうかがってもいいですか？」

「佐藤真理子です」

すらすらと偽名を語る。もうこのくらいの嘘は平気になってしまった。

「新婚旅行と聞きました。お幸せですね」

茉莉恵は恥ずかしそうに俯く。本当にそうだったらいいのに。

「小平さんはどういうご旅行？　あの方は奥様ですか」

美しいドレスを着た女性は、今は藤堂とダンスをしていた。自分よりステップが上手くて軽く嫉妬をする。

「彼女は……まあ、恋人です」

小平は口数少なかった。おそらく愛人のようなものだろう。

「若いのに船旅なんて珍しいですね。退屈じゃないですか」

そういう小平もまだ三十代に見える。

「あなたはクルーズ経験あるんですか？」

物慣れた様子の彼に話を振ってみた。

「ええ、何度か。仕事が忙しいのでたまに息抜きにね」

雑談をしている間に曲の切れ目が来た。茉莉恵はすっと彼から離れて微笑む。

「ありがとうございます、楽しかったわ」

藤堂も相手と離れてこちらへ向かっている。小平はいい人そうだが、やはり深入りするのは危険だ。どこから嘘がばれるか分からない。

「佐藤さんたちともう少し話したいな。明後日名古屋港につくから下船して食事でもどうですか」

「いえ……夫と二人の時間を楽しみたいので」

それは半分本当だった。今の安全な時を味わいたい、たとえ退屈でも。

「まあ、そう言わないで」

突然背後から手首を摑まれ、茉莉恵はぎょっとして振り向く。

（なんで⁈）

次の瞬間、藤堂が自分の側に立って小平の手首を強く摑んだ。

「彼女を離せ」

彼の声は低く、恫喝《どうかつ》の響きがあった。小平は痛みに顔を顰める。

「放してください、私はただ奥さんともう少しダンスを……」

「お前は誰だ、小平じゃないな」

藤堂の言葉に茉莉恵は思わず彼の顔を見る。

「踊っていた時に彼女と会話をしていると何度か名前を言い間違えた。あまり嘘をつくのに慣れていないようだ」

さっきまで藤堂と踊っていた女性は、今は壁際で所在なげにしている。

「あの女……」

小平と名乗った男は憎々し気に呟《つぶや》く。

「俺の本名は小泉《こいずみ》だよ、似た名前にしてやったのに、間抜けな女だ」

振り向くと小泉の相手の女性は狼狽《うろた》えた顔をしてどこかへ消えてしまった。

藤堂は彼の手首を摑んだまま甲板に出る。茉莉恵もついていった。

「お前は俺たち、いや茉莉恵に近づくために乗船したんだな。名古屋港まで監視してすぐ降りてもらう」

男はくすくすと笑う。

「どうしてそんなことが出来るんだ。あんたは今公安じゃないだろう」

確かに今彼は公安の任務を離れている。彼の身柄確保は出来なかった。

「なんとでも言え。今すぐボートに乗せて降ろしてもいいんだぞ。そのくらいのことはやれる」

名前も分からない男は自分たちをじっと見つめた。

「別に俺はそれでも構わない。だがそんなことをしたらどうなると思う？」

藤堂は初めて口ごもった。

「この船には俺以外に船員として仲間が乗り込んでいる。そいつらがこの船の乗客を人質に取ったらどうかな？　船長を脅してシージャックでもするか」

「なんですって！」

茉莉恵は息を吞《の》んだ。そんなことになったら、この船の乗客はどうなるのだろう。

「落ち着け、これだけの大きな船を簡単に乗っ取るなんて出来るはずがない。すぐ海上保安庁に連絡がいって彼らは逮捕されるはずだ」

「そうかな」

男は暗闇の中、にやりと笑った。

「俺がどの程度の人数を乗り込ませたか、分かっているのか？　武器を持っていれば数は少なくても制圧は可能だ」

吐き気がした。脅しと分かっていても足が震える。

「俺は工藤《くどう》組のものだ」

彼が口にしたのは広域暴力団のものだった。

「今斉木茉莉恵がここにいることはうちの組しか摑んでいない。アントニオにも教えていない。だが、俺に従わないなら今すぐ情報を発信するさ。アントニオはお前に懸賞金を出している。日本中、いや世界中の反社がこの船を狙うだろう。その時、周囲の客たちを気にすると思うか？」

目の前が暗くなった。自分がここにいるせいで皆が危険に晒される——車いすの山森夫妻はどうなるのだろう。

　一瞬よろけた茉莉恵の肩を藤堂が抱き寄せた。

「大丈夫だ、俺に任せろ」

　彼の声は心強い。だがこの状況でどうするのだろうか。

「アントニオは懸賞金をかけたというが、いくらだ」

「聞いてどうする？　まさか、倍の金額を出すから見逃せと言うつもりじゃないだろうな。個人が出せるような金額じゃないぞ。それに、金だけじゃない。アントニオが持っているコカインルートに入れてもらえる。金の湧く井戸を貰うようなものだ」

　藤堂はしばらく沈黙していた。そして茉莉恵の耳に囁く。

「いいか、俺がなにを言ってもしばらく黙っているんだぞ」

　理由は分からないが、彼の意思は分かった。

　まだ彼はなにも諦めていない。

　承諾の意味を込めて彼の手を握った。

「分かった……少し考えさせてくれ。一度部屋に帰してくれないか」

　男はにやりと笑う。

「もちろんだとも、ゆっくり別れを惜しむといい。今夜一晩待ってやるからたっぷり可愛がってやれ」

自分たちのことをこの男にからかわれるのは頭にくるが、今は堪えなければならない。

(どうするの)

部屋に入れば逃げられるのだろうか、でも、どこへ?

混乱しながら藤堂と腕を組み、自分たちの部屋に戻った。男の後ろにはいつの間にか男たちが四人ついてきている。彼の部下だろう。

部屋に入り、藤堂が鍵を閉めると茉莉恵は床に崩れ落ちた。

「ああ、どうしよう……」

混乱する茉莉恵とは対照的に、藤堂は手早くタキシードを脱いで自分の服に着替えた。

「急げ、ドレスを脱いで動きやすい服に着替えるんだ」

彼の言っていることがよく理解できない。どこへ逃げるつもりなのか。

藤堂は着替え終わるとボストンバッグを取り出した。船に乗り込む時に唯一持ち込んだものだ。そこから彼が取り出したのは、白い小型の機械だった。水筒を二本繋げたような形をしている。

「これはなに?」

「水中スクーターだ、これで泳いで海岸まで逃げる」

「ええっ」

船に乗る前から、このことを予見していたのか。

「船に乗り込まれたら海に逃げるしかない。客船はそれほど沖には出ないから、泳げればなんとかなるはずだ」

彼の用意周到さに驚かされる。藤堂はさらにシュノーケリングのセットも二つ取り出した。

「海に飛び込み、これをつけて二人で海岸まで逃げるんだ。ただ、最初からつけるわけにはいかない。彼らにばれるからな」

そう言われて茉莉恵は真っ青になった。

「船から海に飛び込むの?!」

藤堂は頷く。

「それしかない。あらかじめ飛び込める場所は確認してある。まだ気温が高いから海はそこまで冷たくない。危険がないわけではないが、これしか方法がない」

体から血の気が引くのを感じる。

「わ、私……実は泳げないの」

柔道はやっていたが水泳は苦手だった。特に海は恐怖心がある。

藤堂はしばらく考えていたが目を見開く。

「分かった、海に飛び込んでしばらくはなにもしなくてもいい。目を閉じて鼻を摘まんで、力を抜いて浮かんでいろ。絶対に助けるから」

体の震えが止まらなかった。これから真っ暗な海に飛び込んで、岸まで泳ぐ――とても自分では出来そうにない。

(怖い)

でも、やるしかない。やらなければあの男に捕まってアントニオに渡される。

なにより、藤堂だって無事では済まないだろう。

(彼がいる)

一人ではない、藤堂がいてくれる。その事実だけで力が湧いてくる。

「いいか、海に飛び込んだら暴れたり、力を入れたりするんじゃない。自分が丸太になったと思ってじっとしていてくれ。必ず俺が助ける」

茉莉恵は大きく頷いた。今はやるしかない、扉の外の男たちに捕まったら結局命はないのだ。

(もし溺れても、それでもそっちの方がまし)

あの卑劣な男、アントニオによって殺されるくらいなら海の藻屑《もくず》になった方がまだ良かった。

「飛び込む場所は甲板の横がいい。後ろではスクリューに巻き込まれるからな。彼らに従うふりをして、甲板の中央まで進む。そこで俺が合図をするからお前が自分で飛び込むんだ」

「わ、私が一人で⁈」

咽喉がきゅうっと詰まる。海に入るだけでも怖いのに、自分から飛び込むなんて出来るだろうか。

藤堂は自分の体をぎゅっと抱きしめる。

「俺が無理矢理放り込んだらパニックになるかもしれない。落ち着いて、足から着水するんだ。体を平行にしないように、水面に叩きつけられる」

彼の言っている意味は分かる。だがその瞬間、体が動くだろうか。

もしもたもたしている間に藤堂と自分が拘束されたら……自分だけじゃなく、彼も殺されるだろう。

「怖い……」

自分のせいで彼まで死んだら――そう思うと目の前が暗くなる。

「不安なの、もし失敗したら……あの人たちは私が目的なんでしょう？　藤堂さんはここに残って、東京へ帰って……」

「馬鹿なことを言うな！」

彼が低く叫ぶ。

「お前を見捨てて逃げることが出来ると思っているのか。失敗など考えるな。絶対成功する、海に浮かんでいれば、必ず俺が助ける」

彼がリュックからヘッドライトを取り出した。

「これを持っていろ。飛び込む直前にスイッチを入れるんだ。絶対にお前を見つける」

次の瞬間、息が出来ないほどの口づけをされた。

「俺を信じろ、生きることだけを考えるんだ。悪いことなど考えるな」

彼の目が、こんな時に美しく光っている。その美しさを信じようと思った。

「分かった……やってみる」

拳を握りしめた時、指輪に気が付いた。彼が選んでつけてくれた二つのリング。

ドレスは脱いだが、これは二つともつけていこう。彼からの初めてのプレゼントだから。

呼吸を整えて扉を開けた。外には男と、屈強な男性が四人揃っている。

「もういいのか？　一晩待っててもいいんだぜ」

「いや、もう大丈夫だ」

「なら、俺たちの部屋に来てもらおうか」

茉莉恵と藤堂は男たちに挟まれて細い廊下を歩く。両脇には転落防止の柵があるが、真ん中あたりで切れていた。

不意に、背後でいやらしい笑い声がした。

「まあまあいい女じゃねえか、殺すのもったいなくね？」

「渡す前にやってもいいんだろ、彼氏の前でやるのもいいよな」

背筋がぞっとした。どんなことをしてでもこいつらに捕まるわけにはいかない。

柵がなくなった場所に来た時、くるりと藤堂が振り返った。

「今だ！」

茉莉恵の覚悟は出来ていた。すばやく甲板の縁に足をかける。

「おい！」

その時背後にいた男が自分の肘を摑んだ。さっきいやらしい言葉を発していた奴だった。

「触らないで！」

茉莉恵は彼の手首を摑んで捩じ上げると背中を思いっきり蹴り上げた。もう一人の男が摑みかかろうとしたので、とっさに襟首を摑んで投げ飛ばした。

「ぐえっ」

自分の重さで頭から落ちた男の口から蛙《かえる》のような声が出た。

「行け！」

振り返ると藤堂は男と組みあっていた。彼が男たちを制している間に逃げなければならない。

縁から覗き込む海は真っ暗だった。まるで墨汁が満たされているようだ。恐怖が喉元まで上がってくる。

（大丈夫）

自分は藤堂を信じる。ヘッドライトのスイッチをつけると暗闇に細い光の線が伸びた。それだけを握りしめて、茉莉恵は暗い海の中へ入っていった。

全身に圧力がかかる。かなり深く潜ってしまったらしい。

（私は丸太）

恐怖を押し殺して体の力を抜く。なにもしなければ人間の体は海に浮くはずだ。ひたすらそう信じて冷たい水の中、茉莉恵はじっとしていた。

永遠に続くかと思ったその瞬間、体はゆっくり上昇していく。

（浮いている）

確かに自分は浮き上がっていた。持っているヘッドライトを握りしめる。

そして――とうとう体の上半分が波の上に出た。

「はあっ、はあっ」

胸が破裂しそうだ。腹を上下させて思いっきり空気を吸い込む。

（浮き上がった）

今すぐ藤堂を探したい。だが着衣のまま下手に泳ごうとしたらかえって沈むかもしれない。

手元のヘッドライトはしっかり光っていた。空中を照らしながら浮いている、それが一番いいはずだ。

（藤堂さん、無事に逃げられただろうか）

もしあの男たちに捕まっていたら……自分はこのまま海を漂うことになる。
途中で溺れるか、海上保安庁に見つかり、その後――。
（ああ！）
不安に沈みそうになる心を必死で抑える。
（きっと助けてくれる）
この世で一番頼りになる男だ。
彼を信じていれば、大丈夫。
（私は藤堂さんを信じる）
両手を握ると指に指輪が触れた。石を指に押し当てて硬さを感じる。
今はこれだけが確かな感触だった。
永遠に思える時間だったが、もしかするとほんの数分だったのかもしれない。
自分の近くで水音がした。
（藤堂さん⁉）
すぐそちらに近づきたかったが、少し身動きをしたら沈みそうだった。
水音はこちらへ近づいてくる。
やがて、肩になにかが触れた。
「茉莉恵！」

それは間違いなく藤堂の声だった。

「藤堂さん！」

ようやく水中で体を起こすと、目の前に彼の顔がある。

海水に濡れた茉莉恵の頬に涙が滲《にじ》んだ。

「良かった……無事だったのね」

藤堂は持っていたリュックから小さなアームリングの浮き輪を取り出すとすばやく空気を入れ、茉莉恵の腕に通した。

「これでいい、これで大丈夫……」

次の瞬間、彼の声もくぐもった。

「無事で、良かった……」

波に揺られながら抱きしめられた。藤堂も泣いているのだ。

「怖い思いをさせてすまない、よく頑張ってくれた……本当に凄い女だ」

その時ようやく分かった、彼も不安だったことを。

自分の身を案じてくれていたことを。

「私は信じていたもの……きっと、助けにきてくれるって。だから怖くなかったわ」

藤堂は何度も顔を擦って、ようやく笑った。

「お前が二人倒してくれたから逃げるのも楽だった。さすがだな」

茉莉恵もようやく笑うことが出来た。どんな状況でも、二人揃っていればきっと生き抜いていける。

藤堂は水中スクーターのスイッチを入れた。筒の後ろから水を吐き出して水面を進んでいく。茉莉恵はしっかり彼に摑まる。遠くに見える岸が近づいてきた。

「どこへいくの？」

「御前崎《おまえざき》海上保安署だ」

「えっ」

船の遭難ならともかく、海を泳いでいる自分たちがそんなところに行って大丈夫なのだろうか。

「もちろん公式ではない。そこに俺を助けてくれる保安官がいる。船室から連絡しておいた。今待機してくれているはずだ」

公安だけではなく、海上保安庁にも味方がいるのか——。

長い距離を泳ぎ、ようやく保安署が見えてきた。船舶が停泊している桟橋が見える。その先端でライトを振っている人間がいた。二人はそこへ近づいていった。

桟橋から縄梯子《なわばしご》が垂らされている。藤堂は先に茉莉恵を上らせた。ライトを持っていた人は自分の手を取って上らせてくれる。まだ若い男性だった。後からすぐ藤堂が上がってきた。

「藤堂さん、お連れの方も大丈夫ですか」

「怪我《けが》は二人ともないが、寒いし体力を消耗している。すぐ着替えさせてくれ」

「分かりました、こちらへどうぞ」

ジープに乗せられて保安庁の宿舎へ連れてこられた。

「ここは私の自室です。シャワーを浴びて着替えてください」

「ありがとう、助かるよ」

若い保安官は一瞬目礼して表情を引き締める。

「申し訳ありませんが、身支度を整えられたらすぐ出発します。隠れ家を用意してありますので」

言われた通り、茉莉恵と藤堂は海水に濡れた体を洗い、乾いた服に着替えた。茉莉恵はくたくたに疲れているが、今眠るわけにはいかない。

髪がまだ乾かぬうちに保安官が再び訪れた。

「用意が出来ました。行きましょう」

宿舎の前にバンが停まっていた。真ん中の座席に乗り込む。背後の後部座席には沢山の荷物が積んであった。

「運転しながらご説明します。行きましょう」

バンは宿舎を出発し、市内に入った。ゆっくりと夜が明けようとしている。

「私は高吉《たかよし》と言います、お見知りおきを」

彼は簡単に自己紹介をした。

「藤堂さんのことがばれたのは、客船の防犯カメラをハッキングされたからです」

アントニオの依頼を受けた広域暴力団工藤組は二人の行き先にいくつか見当をつけた。横浜港から出発したあの客船もその一つだった。

「彼らは船のネット回線に侵入しました。そして防犯カメラに繋がると、藤堂さんと茉莉恵さんの顔をＡＩで検索したのです」

茉莉恵は驚いた。今やそんなことも可能になっていたのか。

「客船に二人がいることを知った彼らは客のふりをして乗り込みました。しかし逃げられたのですでに情報は全国の暴力団に公開されています」

「そんな……」

やっと逃げ出したのに、どこへ行けばいいのだろう。不安がる茉莉恵の肩を藤堂が抱き寄せる。

「大丈夫だ、アントニオは相当焦っている。懸賞金の高さがその理由だ」

「本当？　どうして分かるの」

藤堂は軽く息を吐く。

「すでにアントニオの銀行口座は凍結されている。持っているのは逃走用の資金だけだ。だが彼は俺たちに高額の懸賞金をかけている――彼の逮捕が迫っているということだ」

驚いた。船での会話からそこまで推理していたのか。

「アントニオは逮捕されること自体はそこまで恐れてはいない。自由は拘束されるが、金の力があれば快適な生活が出来る。だが――プライドが傷つけられたまま入ることは出来ない。それは男性としての死を意味するからだ。だから逮捕される前にお前を殺そうとしているんだ」

自分とかけ離れた世界の話で混乱したが、ようやく分かってきた。

「……もう少し頑張ればいいのね」

藤堂は力強く頷く。

「そうだ、もう少しの辛抱だ。俺がついている」

運転席の高吉が口を開く。

「そんなわけなので、市中は安全ではありません。今はどこにでも防犯カメラはありますから」

「隠れ家といったが、いったいどこへ行くんだ」

バンの外は市内を出て、だんだん畑が多くなってきた。カメラを避けるため高速道路ではなく一般道を走っていた。

「山の中にある一軒家です。私の親戚が所有者なのですが現在海外在住です。私が半年に一回程度見に行って管理を任されているのです。ただ……」

信号で停車したところで彼は後ろを振り向いた。

「電気もガスもありません。水道は井戸です。薪《まき》はかなりありますが……そんなところでいいでしょうか」

茉莉恵は思わず藤堂と顔を見合わせた。そして、思わず呟いてしまう。

「面白そう……」

自分の言葉に藤堂は笑い出した。

「本当にお前って奴は……凄い女だな」

「だって、電気もガスもないってキャンプみたいじゃない？」

二人が笑い出したので高吉も微笑んでいる。

「一応一か月分の非常食や缶詰、アルファ米は積んであります。あと私がたまに一人で飯盒《はんごう》で飯を炊いているので米も置いてあります。川にはヤマメもいますよ」

なんだかこれからＢＢＱにいく気分だった。次から次へと訪れる異常な状況に、神経が麻《ま》痺《ひ》しているのかもしれない。

「なんだか、眠くなっちゃった……」

そういえば昨晩は一睡もしていない。体が泥のように重い。

「茉莉恵さんも藤堂さんも眠ってください。あと一時間以上はかかります」

二人は座席の上で寄り添いあって眠った。白いバンは田舎道を静かに進んでいく。

五　山の中の女

かたん、と体が揺れた。

窓の外を見るとコンビニの駐車場に停車している。

「起きました？　すいません、ちょっとトイレに寄りたくて」

「大丈夫、私もコンビニ行きたいわ」

「それがいいです。きっとしばらく来られないですよ」

藤堂はまだぐっすり眠っていた。彼を起こさぬようそっと車から降りる。

店内に入ると、商品の煌びやかさに圧倒される。逃亡生活に入ってから一か月以上来てなかった。

「欲しいものがあったらおっしゃってください。私が立て替えます」

「……ありがとう、じゃあ、これを」

いつも買っていたクッキーを一つだけ選んだ。もちろん欲しいものは沢山あるが、収拾つかなくなりそうで怖かった。

「あと、カフェラテ頼んでいい？」

店頭のコーヒーメーカーでいれるカフェラテを買ってもらい、店の前で立ち飲みをした。

高吉は煙草《たばこ》を取り出して一服する。

「どうして、皆藤堂さんを助けてくれるんですか？」

辻も高吉も、自分の所属する組織に逆らってまで彼を支えている。

藤堂が経歴、学歴共にトップクラスであることは分かる。きっと公安としても優秀なのだろう。

だが、それだけで皆がここまで心酔するだろうか。高吉は公安ですらないのだ。

彼は煙草の煙を向こう側に吐き出して目を丸くした。

「茉莉恵さん、知らないんですか？　藤堂さんがやったことを」

「知らないわ、なにも」

彼は煙草を灰皿に落とすと自分の方へ近づく。

「ケーヘリからの脱出事件、覚えてませんか」

「ああ……そんなことがあったわね」

ケーヘリは北アフリカの小国だった。貴重なレアメタルが採掘されるので日本の企業もいくつか進出していた。そこで五年前、軍事政権がクーデターを起こした。

「空港は閉鎖され、日本人が十数名取り残されました。軍事政権は外国人を自国から搾取する敵とみなし、片っ端から投獄していた。その先は命の保証はありませんでした」

茉莉恵は青ざめた。彼らの恐ろしさが今は身に沁みて分かる。明日の命の保証がないなんて、どれほど恐ろしかっただろう。

「当時残されていたのは小さな商社の社員でした。大企業は自分のネットワークでなんとか脱出できたのですが、彼らは出来なかったんです。家族で移住して、小さな子供もいました」

胸が苦しくなった。結末は知っているのに不安で仕方がない。

「その時、隣国から藤堂さんがやってきたんです」

「ええ?」

安全な隣国からわざわざやってきたと言うのか。

「藤堂さんはテロの調査で北アフリカに派遣されていたんです。そこでケーへリに残されている日本人のことを知って、救出に来てくれた。それはあの人の独断だったんです」

「そんなこと、出来るんですか?」

高吉は首を横に振った。

「出来るわけないですよ、あの方の本来の任務はテロの調査なんですから。でも、留学時の友人関係から車を調達して、陸路で助けに行ったんです」

ケーへリから日本人を救い出し、隣国から飛行機に乗せて帰国させた。成田で出迎えの家族と抱き合う商社の人たちをニュースで見たことがある。

（あれをやったのが藤堂さんなんて）

確かニュースでは、現地の外交官が交渉して救出したことになっていたはずだ。

「全然知らなかった……」

高吉は遠くを見ていた。

「僕も、救出された一人が友人じゃなかったら知らなかったと思いますよ」

藤堂の行動は公安の命令に背くものだった。だから救出された人も口止めされていたのだ。

彼らは限られた、信頼できる人間にしか打ち明けなかった。その一人が高吉だった。

「帰国した藤堂さんは命令違反で降格されました。でも彼の周りの人間はなにをしたか知っています。だから、どんなことがあろうと藤堂さんを支えようと心に誓っているんです。そんな人が沢山いるんです」

辻が以前言っていた言葉が蘇る。

『いつかこの国のトップに立つ人だ』

その意味がようやく分かった。

「……そうなって欲しいわ」

彼が国の頂点に立ったら、きっといい国になる、そう思えた。

（私なんかが、側にいていい人じゃない）

感動と同時に寂しさが押し寄せる。藤堂は自分が思うよりずっと遠くにいる男だった。

「行きましょう、もうすぐつきますよ」

「……そうね」

車に戻ると彼はまだ眠っていた。

（今だけは、私だけが隣にいる）

薄暗い車内で茉莉恵は藤堂の横顔をじっと見つめていた。


「藤堂さん、茉莉恵さん、つきましたよ」

高吉の声にようやく藤堂は目を覚ました。大きく伸びをして微笑む。

「行きましょう、どんなところかな」

バンから恐る恐る降りると、目の前に大きな家がある。

「わあ……」

空き家というが、きちんと手入れされているようだ。瓦屋根も壁も、傷んだ感じはない。

そして、周囲はまったくの森だった。広葉樹林が広がる明るい場所だった。

「井戸はあります。水質検査では充分飲めます。電気は通ってませんが」

高吉は黒いパネルのようなものを広げた。

「これは太陽光パネルと蓄電池です。必要最低限の電源はこれでまかなえます。雨が続くと厳しいですが」

「ありがとう、色々と」

彼と一緒に茉莉恵と藤堂は荷物を運びこむ。米、非常食、缶詰、プロテインバー――もちろん栄養は取れるだろうが、きっと三日で飽きるだろう。

少し暗い表情に藤堂は気づいたようだ。

「すまないが他に食材はあるか？」

彼は首を横に振る。

「すいません。冷蔵庫を動かすほどの電力はないので、生鮮食料品は持ち込めないんです……ここがばれるといけないので、私がちょくちょく来ることも出来ません」

茉莉恵は理解した。今はここで、あるもので生き延びなければならない。

「ありがとう、高吉さん」

茉莉恵はお辞儀した。

「二人でこれだけあれば充分よ。水も綺麗だし、なんとかやっていけそう。あなたはもう保安署に戻ってください」

もう昼過ぎだった。早く戻らないと夜になってしまう。休暇を取ったとはいえ、怪しまれるのではないだろうか。

高吉は名残惜しそうに藤堂と茉莉恵を交互に見る。

「こんな程度しか出来なくてすいません。藤堂さんとこんな身近にお会いできて、もっとお役に立ちたかったのに……」

驚いたことに彼の目には涙が浮かんでいた。

「泣かないで！　高吉さんは充分すぎるほどやっていただいたわ。命の恩人よ」

藤堂も一歩歩み寄って彼の肩に手を置いた。

「俺も同じ気持ちだ。助けてくれて本当にありがとう、感謝している」

その言葉に高吉はさらに泣き出した。

「ありがとうございます、いつか、もっとお役に立てるよう頑張ります。藤堂さんのためなら命も捨てます」

さすがに藤堂は笑い出した。

「君の命をかけられたら困る。生きて、日本のために働いてくれ」

高吉は拳で涙をぬぐった。

「茉莉恵さんもお元気で。あなたは藤堂さんが命をかけて救った女性です。きっと、生き延びてください」

彼の言葉に思わず涙ぐんでしまった。今、自分がここにいるのは藤堂を始め、様々な人間の助けがあったからだ。

（生きよう）

体の奥から力が湧いてきた。

藤堂や、他の人の苦労を無駄にはすまい。

自分が生きて、自由の身になることがアントニオや彼らの味方に対する最高の復讐《ふくしゅう》になる。

（私は決して負けない）

食事が不自由なくらい、なんだろう。

自分は絶対諦めない。たとえ草を食べることになっても生き延びる。

ふと隣を見ると、藤堂が自分を見つめている。その目は不安に揺れていた。

「藤堂さん」

茉莉恵は彼に向き合って手を握る。

「一緒にいてくれてありがとう。もう少しの辛抱ね。不自由だけど、私は大丈夫。頑張りましょう」

ふっと彼の表情が緩んだ。

「良かった、落ち込まないでいてくれて……どうやって慰めようかと思っていた」

彼の体に抱き着き、強く抱きしめる。

「どうして慰めるの？　一番怖かったのは海で一人、藤堂さんを待っていた時――今はこんな側にいるんだもの、なにも怖くないわ」

彼の腕も自分を包み込む。遠くで鳥の鳴く声が聞こえた。

翌日から二人で農家の中を探索した。台所や風呂は薪を使えば使用できる。井戸があるので水汲《みずく》みの労力は必要なかった。

薪は沢山あるが、毎日風呂に入っていたらあっという間になくなりそうだ。

「川の方へいってみよう」

二人はタオルを持って農家から細い道を下っていった。やがて細い川にたどり着く。少しさかのぼると滝があり、滝つぼから細かい水しぶきが上っていた。

「普段はここで体を洗おう」

「ええ?」

驚いた。いくら山の中とはいえ、家の外ではないか。

躊躇う茉莉恵に藤堂は説明した。

「この山そのものが彼の親戚の私有地だから、登山者などは入ってこない。毎日風呂に入れないのだから、昼間ここで汗を流した方がいい」

それはそうだが……躊躇っている茉莉恵を他所に、藤堂はあっという間に全裸になってしまった。

「太陽が出ているうちに入らないと、冷たくて無理だぞ」

彼は一歩川に足を踏み入れた。

「うおっ、冷てぇ！」

その声が子供っぽくて思わず笑ってしまう。腿のところまで滝つぼに浸《つ》かると、手で体に水をかける。

「早く来いよ」

もう覚悟を決めるしかない。茉莉恵は空の下で服を脱ぎ捨て川に入った。

「ひゃああ！」

山から流れ出る水は想像以上に冷たかった。急いで体を水で洗うと岸に上がり、大きなタオルに包《くる》まる。

「もう終わりか？」

「無理無理、風邪引いちゃう」

体を洗い終えた藤堂も岸に上がり、タオルで体を拭く。

「いい天気だな」

よく晴れていて、空気も澄んでいる。太陽に温められた河原の石は座っていると心地よかった。

「気持ちいい……」

タオルを下に敷いて、茉莉恵は全裸のまま寝転がった。いつの間にか羞恥心は消えていた。

「こっちへ来い」

藤堂も寝転がり、茉莉恵の体を引き寄せた。彼の腕に頭を乗せて寄り添う。

ふと見ると、男性のものが反応していた。茉莉恵はそっと手を伸ばす。

「駄目だ……」

だが彼は自分の手を外した。

「どうして?」

「避妊具がない」

確かに今はゴムが手元になかった。運んできた段ボールの中にも入っていない。

「したいのはやまやまだが、今妊娠したらまずいだろう」

彼が自分のことを気遣ってくれるのが嬉しかった。

だが、だからといって彼に触れることを我慢できるわけではない。

「でも、触りたいの……」

美しく盛り上がった彼の胸板に触れる。意外なほど小さな男の乳首に触れると、彼の腹がぴくんと痙攣した。

「どうして男にも乳首があるんだろう? 使うことなんてないのに」

頭を引き寄せられ、額にキスをされる。

「以前生物学で学んだことがある。人間は一旦女の体になり、その後ＸＹの個体が男の体になると。だから乳首があるんだ」

彼の手が自分の乳房に触れる。

「女の体が本来の姿で、男は欠けている――だから、欲しくなるのかもしれない」

抱きしめられ、口づけをされる。茉莉恵は小さな薪のような男根に指を絡めた。

「入れないけど……抱きしめて」

彼の唇が頬から首筋へと這う。皮膚を甘く吸われて、快感が湧き上がる。

「ああ……」

彼のものも硬度を増した。強く、脈打っている。

「太陽の下で見るお前は……綺麗だ」

木漏れ日が肌の上に落ちて奇妙な模様が出来ていた。

「藤堂さんも……」

水に濡れた髪が額にかかり、普段より若く見える。スーツやタキシードは素敵だったが、なにも身に着けない彼は野生の狼《おおかみ》のようだ。

（綺麗）

欲望に任せて交わりたい。だがそれは出来ない。

終わった後、きっと彼が後悔するからだ。

だから、茉莉恵は自分が握っているものに口を近づける。

「よせ……」

藤堂は弱弱しく抵抗をした。

「どうして?」

「汚いから……」

「さっき川で洗ったから、汚くないわ」

彼の欲望をはっきり知りたかった。それは全部、自分への気持ちだから。

彼の足元へ移動し、そこへ顔を近づける。陽光の下、先端が光っていた。

丸い頭に口をつけると、ぴくんと動く。

「うう」

そっと舐めただけで彼の口から苦し気な声が漏れた。思い切って唇を開き、中まで彼を頬《ほお》張《ば》る。

そのまま口の中で舌を動かすと、彼の息が荒くなった。

「ああ……お前の舌が、柔らかくて……たまらないよ……!」

彼の幹はどんどん硬度を増していく。やがて先端から熱い蜜が溢れてきた。

「駄目だ、どけ……!」

強引に引きはがされ、藤堂は立ち上がり川に入った。彼の背中が小刻みに震える。

「最後までしたかったのに……」

水から上がってきた藤堂に茉莉恵は不安げに言った。

「あんなもの、見なくていいんだ」

タオルで体を拭いた藤堂は茉莉恵に覆いかぶさる。

「藤堂さんがいくところを見たかったのよ」

彼はにやりと笑った。

「ついこの間までねんねだったくせに、生意気だな」

太陽の下で足を拡げられる。彼のがっしりとした胴が間に入ってきた。

「ああ……」

体の中心を優しく舐められる。膨らみかけていた花弁が一気に花開く。

柔らかくほぐれてきた果肉の中に、彼の指が入ってきた。

「ひゃう……」

とろとろに蕩けた肉を丁寧に擦られる。奥から快楽がじわりと湧き上がる。

「もっと、奥まで触りたい……」

藤堂が長い指をずずっと差し込んできた。蜜壺の最奥、ふっくりと膨らんだ子宮の小さな入り口までも触れられる。

「可愛いよ……」

奥を何度も擦られると、不思議な感触が現れた。自分では触れられない場所に触られて、気が遠くなる――。

「あ、なんか、変……」

じわりと額に汗が滲む。腹が勝手に波打っている。

「入れたい……お前を直に感じたい……」

それでも藤堂は行動に移そうとはしなかった。代わりに熱烈な口づけをくれる。

「全て終わったら……なんの心配もなくなったら……お前の中に入れたい」

茉莉恵は彼の頭を引き寄せ、自分から口づけをする。

「早く……そうなりたい……」

藤堂と出会ってから緊張が完全に解けたことはない。胸の奥にずっと恐怖が横たわっている。

本当に危機が去ったら、どれだけ嬉しいだろう。

いつの間にか目尻に涙が浮かんでいた。それを藤堂がキスでぬぐってくれる。

「きっとそうなる、俺が、してみせる」

彼の言葉は信じられた。彼がそう言うなら実現する、本当にそうなる。

「あ、あ、ああ……！」

蜜壺の奥を擦られながら、前の淫核を親指で擦られた。全身が熱く燃えて、きゅうっと収

縮する。

「きゃうっ……！」

木漏れ日の下で茉莉恵の体から熱い蜜が溢れる。ぐったりと力の抜けた自分の体を藤堂がしっかり抱きしめてくれた。


電気もガスもない生活は意外に忙しい。

薪は乾燥させないと燃えないので、一緒に森に入り、木を切って家に運ぶ。小さなチェンソーを太陽電池で充電して使用した。

昼間の食事は燃料節約のため非常食やプロテインで済まし、夜の食事だけ煮炊きすることにした。飯盒でご飯を炊き、熱い汁物を作る。

「ああ、美味しい！」

ごく普通のご飯とインスタントみそ汁が本当に美味しかった。火がこんなにありがたいと思ったことは今までなかった。

まだ薪が燃えている間に湯を沸かし、古い魔法瓶に保存する。そうすると竈《かま》の火が落ちても温かい茶を飲むことが出来た。

不自由というより、出来ることの方が少なかった。日が落ちれば小さなランプしかないので、眠ることしか出来ない。

その代わり、降るような星空が見えた。

「綺麗……」

ビーズを一気にちりばめたような星空だった。縁側に藤堂と並んで座り、空を見上げる。

「あれはペガサス座、向こうがアンドロメダ座」

「詳しいのね」

「ボーイスカウトで習った」

退屈するかと思ったが、意外にそうでもない。二人には共通の話題がいくつもあった。

「柔道の練習で一番なにがつらかった？」

「俺は足を三十度に上げて百数える奴」

「あー、私も嫌いだった」

「意外とランニングは好きだったな、ぼーっと走ってられるから」

「私は苦手、マシーンの方が好き」

柔道のこと、子供時代のこと——育った環境をお互いに話すほど、二人の間柄が強固になるような気がした。

「お兄ちゃんが柔道やってて、格好いいなって思ったの」

「俺は——覚えていない、柔道か剣道か、どちらかを選ばなければならなかった」

公安官僚の家に生まれた藤堂には、他の道は最初から存在しなかった。

「父は絶対だった」

星を見上げながらぽつんと言う。

「家柄だけじゃなく、能力も高かった。家の中でも外でも尊敬されていて——父のように、国を守る人になりたかった」

一度だけ会った彼の父、藤堂隆之、彼はその名を一つ受け継いでいる。

「藤堂さんは守ったでしょう、国民を……ケーヘリからの脱出、あれをしたのは藤堂さんだって、高吉さんから聞いたわ」

「……そうか」

彼は照れ臭そうに笑う。

「SNSで彼らが助けを求めていることを知って……陸路で行けば助け出せると確信した、だからやったんだ、それだけだ」

まるでほんのちょっと手助けをしたように言うが、命がけだったはずだ。ケーヘリはその時民兵がマシンガンを持ってそこら中で発砲しているような状況だったのだから。

「凄い勇気だわ、私だったらとても真似《まね》できない」

そういうと彼はきょとんとした表情になる。

「なにを言っているんだ、お前の方が勇気があるじゃないか」

「え？」

「俺は脱出ルートや交渉する人間、費用も全部計算してから出発したんだ。だがお前は相手がどんな人間かも確かめず助けにいった。お前の方が凄いよ」

顔が熱くなる。彼に認められることが一番嬉しかった。

「考え無しなだけよ……」

藤堂が自分の肩を抱いてくれた。

「お前はとっさに『助けたい』と思ったんだろう。俺も同じだ。ケーヘリで取り残されている人を見て、子供を抱いて泣いている親を見て『助けたい』と思ったんだ。考えたのはその後だ」

「ありがとう……」

涙が滲む。彼の気持ちが痛いほど分かったからだ。

目の前の光景にいてもたってもいられない気持ち、それを彼も持っているのだ。

「俺だって無傷だったわけじゃない。日本に戻ったら聴聞会議にかけられ、降格された。そもそもアントニオの警備をさせられたのも、岡山さんの差し金だ。誰もやりたがらない仕事を押し付けられた」

そうだったのか――確かにマフィアの用心棒などやりたい人間はいないだろう。

「父は命令に逆らった俺をかばってくれた。『お前は立派なことをした』と言ってくれたんだ。だから、お前のことも助けてくれると思った。だが、国のためお前を渡せ、と言われ——父のことが分からなくなった。どうしても父の考えが正しいと思えなかった」

彼の大きな体に寄り添う。背中に手を回されて優しく抱き寄せられた。

「いくら苦しめないとはいえ、他人のために戦ったお前がどうして死ななければならないのか、どうして父と俺がそれに加担しなければならないのか、いくら考えても分からない」

茉莉恵も同じ気持ちだった。自分は悪いことをしたつもりはない。あの銀座での出来事からそれは変わらなかった。

だが、自分を助けるため藤堂に多大な負担をかけている、どうしてもそれが気にかかっていた。

「私のせいで、ごめんなさい」

どれほど謝っても追いつかないほど助けてもらっている、この恩を返すことなど出来るのだろうか。

藤堂はさらに自分を引き寄せて額にキスをした。

「前にも言っただろう。お前を助けるのは自分のためだ。自分の……魂を救うためだ」

彼の声に慰めの色はなかった。

「俺は、父を憎みたくない。日本を嫌いになりたくない。お前を犠牲にして平気でいられるわけがないんだ。もし公安を続けるとしたら、心を殺しながら生きることになる」

目が熱くなる。本当に自分は幸せ者だと思った。

「嬉しい……そんなに想ってくれるなんて」

二人は星空の下、何度も口づけをした。

「お前は本当に凄い女だよ、一か月閉じ込められても、いきなり船に乗せられても、海に飛び込んでも生き延びたし、全然落ち込まない。むしろ生き生きしているみたいだ。逆境に強いんだな」

「……そうかもしれない」

これだけ危険な目に遭っているのに自分の気持ちは平静だった。

柔道をやめ、生きるためだけの仕事をしていた頃に比べるとまだ気分が明るいくらいだ。

「私、なにをしていいか分からなかったの」

不意に打ち明け話が溢れ出した。

「子供の頃からやっていた柔道をやめなきゃならなくなって、他にやりたいこともなくて……なんとなく生きていたわ」

自分が今生き生きしているように見えるのは、きっと目標が出来たからだ。

「私、頑張る。絶対生き延びて元の生活に戻るのよ。そうしたらもうだらだら過ごしたりしない」

目標を持とう、そう決意した。

「ずっと考えていたんだけど、柔道のコーチになろうと思うの」

「そのままでも出来るんじゃないか？　充分技はあるじゃないか」

茉莉恵は首を振る。

「いいえ、私は今まで教えられたばかりだもの……人に、特に子供に教えるにはコーチングや体の知識が必要だわ」

大学のコーチは生徒を怒鳴り、萎縮させていた。あんなことはもう止めさせなければならない。

「戻ったら、もう一度勉強し直したい。お金を貯《た》めて将来は柔道の道場を開くわ。そのために絶対生き延びてみせる」

藤堂は自分をぎゅっと抱きしめた。

「もし公安を首になったら、俺もそこで雇ってくれ」

「ええ？」

驚いた。まさかそんなことを言われるなんて。

「藤堂さん、公安を辞めるの？」

「続けたくても無理じゃないかな。上司や父に逆らった。戻っても閑職に回されるだけだろう。そんな生活なら、子供たちを教えている方がいい」

胸が痛くなった。結果的に自分は彼から大事なものを奪ったのではないだろうか。

それでも、もう茉莉恵は謝罪しなかった。

彼がこの道を選んだ、自分はそれを正しいと思う。

自分に出来ることは彼をただ、支えるだけだった。

「――最初はお給料低いと思うけど、それでもいいかしら」

藤堂はくすっと笑った。

「別にかまわない。贅沢するわけじゃないから」

そう聞くとむきになる。

「だって、もう赤坂のマンションには住めないわよ。買い物だって高級スーパーじゃなくなるのよ」

「そんなことなんでもない。あのマンションは親戚のものを借りていただけだ。普通のスーパーだって平気だよ」

そういえば彼は料理が上手だった。普段から自炊している手つきだ。

「藤堂さん、料理上手いものね。小さい頃からお母さんのお手伝いをしていたの？」

彼の表情が微妙に変わった。

「母は、俺が産まれた時からずっと寝込んでいて、中学の時に死んだ」

はっとした。そういえば彼から母親の話は一度も出ていなかった。

「ごめんなさい……」

彼の指が自分の髪を梳いた。

「いいんだ、母は俺を産んで体調を崩した。そんな母を父は疎んじて……実家へ帰らせ、碌《ろく》に見舞いにもいかなかった。当時はそれを当たり前だと思っていたんだ、父は日本を守っているから、と」

茉莉恵はつらくなった。中学生の彼が、家に一人でいたのは寂しくなかったのだろうか。

「つらくなかった？　兄弟もいないんでしょう？」

藤堂は頷く。

「だから俺は柔道部にのめり込んだ。部活の仲間は兄妹のようだった。朝早くから夜遅くまで練習していたから、寂しくなかった。でも」

その先は茉莉恵も知っていた。父親に柔道をやめさせられたのだ。

「……部活は辞めたので、街の道場に通い始めた。道場長はなにも聞かず、俺を受け入れてくれた。そこには不登校の子供や、大人になってから始めた人、色々な人がいた。茉莉恵が柔道教室を始めるなら、ああいうものがいいんじゃないか」

胸が熱くなった。勝ち負けにこだわらず、皆が楽しく過ごせる場所。

自分一人では無理だが、藤堂がいてくれれば。

「……でも、きっと辻さんたちが黙っていないわ」

あれほど藤堂に入れ込んでいる男が承知しないだろう。彼が田舎で柔道の先生になることなど。

「別に俺は、辻のために生きているわけじゃないからな」

あっさりそう言ったことをもし彼が聞いたらどれほど嘆くだろう。

「あいつは俺を買いかぶっている。たまたま恵まれた立場で生まれた、ただの男だ」

自分はそうは思わないが、茉莉恵は黙って聞いていた。

「父の敷いたレールの上をただ歩いていた。そこから外れるのが怖かったんだ、外の世界を知らないから」

彼の顔がこちらを向いた。

「だが、今話していて目の前が開けた気分だ。俺にはお前と、柔道がある。父が奪えなかった、たった二つのものだ」

嬉しかった。彼にとって、自分がそれほど大事なものだなんて。

「二人でいればどうにかなる。そう思えるんだ。お前を守ろうと思ったとたん、不思議な力が湧いてきた」

奇妙な気持ちだった。自分が、こんな平凡な人間が彼にそんな影響を与えているなんて。

「それに、どんな状況でもお前はついてきてくれる。海に放り込まれても、こんな山の中に連れてこられても」

「だって……藤堂さんが一緒だから」

都会でも、山奥でも。

藤堂の隣が一番安全に決まっている。

「海に入った時はそりゃあ怖かったわ。でも、きっと来てくれると信じていた。そしてその通りになったもの。これからだって上手くいくわ。アントニオは逮捕されて、私たちは自由の身になるわ」

藤堂の口から大きな息が漏れた。

「お前の、そんな前向きなところがいいんだ。俺はついつい考えすぎて、悪い想像ばかりしてしまうから」

驚いて茉莉恵は彼の顔を見る。

「嘘、そうなの？」

いつも落ち着いていて、物事に動じない人間と思っていたのに。

そう言うと彼は首を何度も横に振った。

「とんでもない！　新しいことを始める時は考えが頭をめぐって眠れない。今だから話すが、お前を初めて俺のマンションに連れてきた時はほとんど眠れなかった」

驚いた。自分はあの日、疲れていたこともあってあっという間に眠ってしまっていた。

だが、それほど繊細な神経があるからここまで逃げられたのだろう。

勇気があるだけで大きな仕事は出来ない。彼のような細かい気持ちがあってこそだろう。

茉莉恵はそっと彼の胸板をさすった。

「そんなに悩んでくれて、ありがとう。私ったらなにも心配してなかったわ」

彼が軽く笑ったので腹が上下した。

「お前のそんなところがいいんだよ、明るくて、前向きで――後先考えず男を投げ飛ばす」

茉莉恵は彼の腹を軽く叩く。

「もう、『相手をよく見ろ』と言ったのは藤堂さんじゃない！」

二人は星空の下、いつまでも笑いあっていた。電気もガスも、豪華な食事もなにもなかったが幸せだった。

（この時間が、ずっと続くのかな）

もし彼が公安を辞めたら、ただの男になるのだろうか。

そうしたら、自分の側にいてくれるだろうか。

（夢見ても、いいのかな）

一緒に柔道の教室を開く。彼のような上段者がいればきっと生徒も集まってくるだろう。

小学生から成人まで、お年寄りでも入れるような道場、誰も叱られたり殴られたりしない場所。

強くなるだけが目的ではない、そんな教室があれば。

そんな場所を、自分が作れるかもしれない。

（不思議）

ぼんやりと思い描いていたことが、不意に具体的に考えられるようになった。自分の中身はなにも変わっていないのに。

（一人では無理でも、彼がいれば）

自分はまだ未熟で、人を指導するなんてとんでもない。だが藤堂が一緒にいてくれれば、成長できる気がするのだ。

「茉莉恵」

突然名前を呼ばれてびくっとする。

「な、なに？」

「……これから俺の気持ちを話すけど、お前はただ聞くだけでいいから」

彼の言っている意味がよく分からなかった。つまり、独り言ということだろうか。

「……聞いていればいいの？」

「そうだ」

「じゃあ、聞くわ」

静かだった。フクロウの声すらしない。

「好きだ」

それは、夜の空気のように澄んだ声だった。

「…………」

　返事が出来なかった。

　現実とは思えない。

「……どういうこと？」

　藤堂が慌てたようにこちらを向く。

「怒らないでくれ、こんな時に告白するのは間違っていると分かっているんだ。ただ、どうしても抑えきれなくて……」

「そうじゃないの！」

　彼の手を強く握る。

「私のこと……好きなの？」

　ランプの灯りで、彼の目が揺れていた。

「好きだ」

　言葉が直接、胸に入ってきた。

「こんな状況で、お前が俺を頼るしかない時に言うのは駄目だよな、分かっている、分かっているんだが……もう限界だ」

　彼に抱き寄せられた。心臓の鼓動が伝わってくる。

「一緒にいる時間が長くなるほど、好きになっていく……解放されたら、正式に付き合って欲しい」

目の前がぐらぐらする。これは本当に起こっていることなのか。

「本気なの?!」

思わず声が強くなった。彼が一旦体を離す。

「俺のこと……嫌いになったのか?」

「そんなわけないじゃない！　嫌いな人とあんな……あんなことするわけないでしょ！」

驚きのあまり早口になってしまう。

「私は……単に、今だけの関係と思っていたから……」

藤堂が微笑みながらため息をつく。

「俺がそんないい加減な男に見えるか?」

「見えない……」

涙が浮かんできた。

藤堂は最初から、態度で自分への愛情を示していた。

それを信じられなかったのは、自分の劣等感だ。

「本当に私でいいの?　学歴だって家柄だってごく普通なのに……顔だって並みじゃない?」

不意に口づけをされた。

「お前は俺にとって特別な女だ……それだけじゃ、駄目か？」

茉莉恵は必死で首を横に振った。

「ううん……凄く、嬉しい」

彼の手をしっかりと握る。

「私も、藤堂さんが好き」

瞳を見返して、真っ直ぐ伝えた。

もう、遠慮しなくていい。

「好きだ」

再び強く抱きしめられた。

「俺の側を離れないでくれ」

嬉しすぎる言葉、宝石のように胸に刻まれる。

「ずっと、一緒にいる……」

囲炉裏《いろり》では熾火《おきび》が灰の下で静かに燃えている。

冷えていく夜の中で、二人の心臓だけが体の中で燃えていた。

このまま二人、融けあって一つになりたい。

「山を下りたら、思いっきり抱き合おう」

分厚い胸に顔を埋めて、茉莉恵は何度も頷いた。

山に籠って二週間が経った頃、意外な人間がやってきた。

車が通れぬほどの道をスクーターに乗ってやってきたのは、あの辻だった。

「藤堂さん！」

「どうしてここに来たんだ？」

スーツ姿の辻のあちこちには葉っぱや枝がくっついている。

「心配だからに決まっているでしょうが！　こんなところで大丈夫ですか？」

「ああ、そこそこなんとかなっている」

薪《まき》割りをしていた藤堂は首に巻いたタオルで汗を拭く。きちんと髭《ひげ》をそり切れないので、細かい無精髭が生えていた。

「なんてことだ、藤堂さんが山男になってしまう……！」

大げさに嘆く辻を見て、側で枝を落としていた茉莉恵は思わず笑い出してしまった。

「辻さんも山に来るのならそれ用の服で来なきゃ、スーツがボロボロよ」

彼の背中を叩いて木の葉や枝を落とす。よく見ると革靴のつま先が泥だらけだった。

「追手を巻かなきゃならなかったんだから仕方ないだろう。俺は藤堂さんの側近だから、一番目をつけられているんだ」

はっとした。そうだった、まだ自分たちへの追及は終わっていないのだ。

「普通に帰宅するふりをしてここに来ました。これは差し入れです」

辻がスクーターのリアボックスから取り出したのは、ごく普通のコンビニ袋だった。

「それは……」

勝手に唾が溜まる。

「焼肉弁当です。こういうものが欲しい頃かと思っていました」

藤堂は斧《おの》を放り出して駆け寄る。

「肉が食いたいと思っていたんだ！　助かるよ」

「凄い！　辻さんありがとう！」

家の中に入り、弁当を開ける。ごく普通のコンビニ弁当が今は光り輝いて見えた。

「ああ、美味しい！」

「肉の脂って、こんなに美味《うま》かったんだな……」

濃い味付けの薄い肉が、ものすごく美味に感じる。黄色い漬物すら貴重だった。

「ご苦労されているんですね……」

辻が正座してしみじみと言う。

「非常食やプロテインバーで栄養は取れているはずだが、やはりこれだけだと味気ないな」

二人が食べ終わったところで、彼が恐る恐るポケットから出したものがある。

「これ、自分の眠気覚まし用に買ったものですけど差し上げます」

畳の上に置かれたのは、ごく普通の板チョコだった。それが今では高級スイーツに見える。

「チョコなんて、久しぶり……！」

「ああ、これは絶対森では取れないものだ」

銀紙を剝がすとかぐわしいカカオの香りが広がった。

「待って、貴重なものだから大切に食べましょう」

魔法瓶に入れてある白湯《さゆ》を湯のみに注ぐと、チョコレートを一人一列ずつ折って皿に載せた。白湯で口を濡らしてから、ようやくひとかけ口に入れる。

「あああ〜甘い！」

プロテインバーも甘いが、チョコレートの甘さはまた別だった。とろりと舌の上で解ける感触を茉莉恵はじっくり味わう。

「食事じゃなくお菓子を食べたのは久しぶりだ」

藤堂の顔もほころんでいた。辻が彼に詰め寄る。

「俺、ここに残ってお使いをします！　公安は辞めて、俺もここに住み込みます」

辻の勢いに茉莉恵と藤堂はぎょっとした。

「なにを言っているんだ。公安の中では一番お前がマークされているのに、突然辞めたら絶対怪しまれるだろう。自分が公安のマーク対象になるんだぞ」

「そうですね……でも、どうすれば……藤堂さんをお助けしたいのに」

気の毒なほどしょげかえる辻を見ていると可哀想になってくる。

「ありがとう、危険を冒してお弁当持ってきてくれて。これでもう少し頑張れそうよ」

彼の目がじろっとにらむ。

「あんたは藤堂さんと二人きりになりたいだけだろ」

「なんですって！」

向かい合うと茉莉恵と辻の間に藤堂が割って入った。

「一応お前には言っておくが、俺たち付き合うことになったから」

辻の目が丸くなる。

「え……前からそうだったでしょ？」

彼の言葉に二人同時に反論した。

「違う、今までは公安と被保護者だったんだ」

「そうよ、これから恋人になるのよ」

辻は二人を見比べてため息をつく。

「俺にとってはどっちでもいいですけどね……おい、恋人になったくらいで藤堂さんを独り占めできると思うなよ」

「そんなこと考えてないわよ」

茉莉恵はため息をつく。

「高吉さんから聞いたわ、ケーヘリでのこと」

異国に取り残された十数人を単独で救い出した、まるでスーパーヒーローだ。

「凄いと思うわ、藤堂さんのことを神様みたいに思っている人が沢山いるのね。そんな人を独り占めできるわけないと思っているわ」

するとと辻が奇妙な表情になった。

「……お前だって感謝されているよ」

「え？」

「アントニオの愛人は結局国に帰されることになった。空港まで俺が送ったんだが、彼女はお前に感謝していたよ、『神が自分につかわした天使だ』と泣いていた」

胸がぎゅっと熱くなった。自分がとっさに取った一瞬の行動に、そこまで感謝してくれるなんて。

「良かったな、彼女を助けて」

「藤堂さん……」

見つめあう二人を見て辻が大げさなため息をついた。

「藤堂さんが人間と分かって少しほっとしました」

「今までなんだと思っていたんだ？」

「神様ですよ」

彼はリュックから小さな箱を取り出した。

「こちらもどうぞ。神ならいりませんけど、人間には必要でしょ」

差し出されたのは避妊具だった。藤堂は顔を赤くしながら受け取る。

「ありがとう……正直、我慢の限界だった」

「そうですか、人間だから仕方ないですね！」

辻は不機嫌な顔のままスクーターに跨がり山道を去って行った。

「本当に変な奴だ。すまなかったな」

藤堂が謝ってくれたが、茉莉恵はそれどころではなかった。

「藤堂さん……そんなに、したかったの？」

我慢の限界という言葉が意外だった。

「その……そりゃそうだろ、恋人と二人きりなのに、最後まで出来ないんだから……拷問みたいなものだ」

不思議な気持ちだった。自分がそこまで彼を夢中にさせているなんて。

「お前は他の女性とは違う。ずっと一緒にいてそれが分かった。お前が側にいると、楽しいんだ」

まるで魔法のような言葉だった。体が金の粉に包まれて、浮き上がるような気分になる。

「……愛している」

「……私も」

今まで、どこかで自分の気持ちにブレーキをかけていた。

自分が好きでも、将来があるかどうか分からない。

だから、この言葉を口にするのが怖かった。

『愛している』

言ってしまったら、もう後戻りが出来なくなりそうで。

自分の気持ちだけが強いのではないか、そう思っていた。

だけど、藤堂もその言葉を外に出してくれる。

『愛している』

この世で一番重く、大切な言葉。

それを藤堂は、自分のためだけに使ってくれた。

「私も……愛している」

そう言うと彼は自分の体を強く抱きしめる。

「やっと、言ってくれた」

なんだかほっとしたような言い方で、なんだかおかしくなる。

「前に言ってたと思うけど……」

「『好きだ』とは言ってくれたが、『愛している』とは言ってなかった」

そんなことを気にしていたとは、驚きだった。

「好きで、気持ちは伝わっていると思ってた……」

「好きと愛しているは、重みが違うだろう」

自分と同じ気持ちを彼も持っていたことが、嬉しかった。

「私もそう思う……でも、言うのが怖かったの」

「何故？」

「ちょっと、重いかなって」

「そんなことはない、だからもっと言ってくれ」

おかしくなって、茉莉恵は彼の胸に顔を埋めて笑い出す。

「藤堂さんこそ、早く言ってくれれば良かったのに。そうしたら私だって安心できたわ」

すると藤堂は自分の顔を覗き込む。

「こんな状況で、俺の方から言えないよ……もしかしたら、守られていることを愛情と誤解しているのかもしれない」

驚いた。そんなことを考えていたなんて。

「今は俺のことを好きでいてくれるけど、安全になったら気持ちが離れるかもしれない。だから……」

「そんなこと、あるわけない！」

彼の頬を両手で掴んで瞳を見つめる。

「私は、たぶん大会で見た時から藤堂さんのことが好きだったの。私の初恋よ。危険とか安全とか、そんなもので揺るがない」

藤堂は恥ずかしそうに目を伏せる。

「本当は、落ち着いてから打ち明けようと思っていたんだ……愛していると」

彼の、意外に長い睫《まつげ》が揺れている。

「でも気持ちが抑えられなかった。今すぐ言わないと、胸が破裂しそうで……お前のことを、愛している」

茉莉恵は形の良い唇にキスをする。

「愛しているわ、この気持ちは絶対に揺るがない。だから生き抜きましょう」

二人の未来を作るため、今はどんなに不自由でも我慢できた。

「コンビニもお菓子もなくていい、藤堂さんがいればいいの」

不意に体が持ち上げられる。藤堂の瞳が燃えていた。

「辻がゴムを買ってきてくれて助かった……お前の中に入りたくて、たまらなかった」

頬が熱くなった。毎晩彼に指で刺激されて、茉莉恵の方もつらかった。

「……辻さんに感謝しなくちゃね」

二人は口づけをかわしながら家の中に入っていった。

囲炉裏に火を燃やしているので、服を脱いでも寒くなかった。豪華なベッドではなく古い綿布団、灯りは小さなランプだけだ。

だが側に藤堂がいる。この世で一番愛する男が。

「寒くないか」

茉莉恵が首を横に振ると、彼の手が服を捲《まく》り上《あ》げた。

毎日の労働で自分の体はしなやかに引き締まっていた。下着を外されると小ぶりな乳房が露わになる。

「綺麗だ」

もうその言葉を疑わなかった。

身も心も裸でいられる。それが叶《かな》うのは彼の前だけだ。

温かい湯でお互いの体を拭きあげる。清潔になった肌で抱き合うとしっとりと張り付いた。

「好き……」

彼の耳元に囁くと、大きな耳朶《じだ》が赤く染まる。その様子が可愛くて、愛おしい。

彼の頭を抱えるように抱きしめて深く口づけをした。分厚い舌と自分の舌が触れあうと、甘い官能が湧き上がる。

「んむ……」

彼の大きな歯で舌を軽く噛まれる。歯の裏や、頬の内側まで探られる。そんなところまで快感がある。

（全部感じる……）

彼に触れられている場所が、全部敏感になる、どんどん感じる体になる。

「ああ……」

藤堂の広い背中に手を回す。筋肉で覆われた肉体はすべすべと滑らかで、触れているだけで気持ちいい。

「どこが、気持ちいいの？」

自分と同じように彼にも感じて欲しい。そう耳元で囁くと、彼は少し考え込む。

「首の、後ろ……」

すっとうなじを掌で覆い、太い筋に沿って指を走らせると彼の唇から甘い息が漏れた。

「ぞくぞくする……」

そのまま背中の真ん中をなぞると、うめき声を上げて腰をのけ反らせる。逞《たくま》しい男の意外な弱点を見つけたようで、少し楽しかった。

「ずるいぞ、そんなこと……」

茉莉恵からの愛撫で火がついた藤堂は、荒々しく自分を求めた。乳房を摑むと、先端を口中に入れる。

「ふあ……」

小ぶりな乳房は彼の口の中にほぼ半分入ってしまう。先端と乳房を同時に舐められて、茉莉恵は気が遠くなった。

「んん……」

ねっとりと肌をなぶられ、乳首を軽く吸われた。先端だけではなく胸全体が感じる――。

「綺麗だ……」

茉莉恵の肌は内側からほの赤く輝いていた。藤堂は自分の体に絡みついている彼女の手を取ると、指の一本一本に口づける。

「あ、いい」

指を口の中奥深くに入れられ、じっくり舐められる。指と指の間にまで舌が這いまわる――掌全体が、性感帯になる。

「やああ、いい……」

たっぷりと感じさせられた後で足を開かせられる。もうそこは熱っぽく疼いていた。ぷっくりと膨らんだ花弁を開かれると、蜜が山の空気に触れてひやりとする。

「もう、大きくなっているな」

自分の淫芯がすでに膨らんでいることを教えられて、恥ずかしさで顔を背ける。

「だって、気持ちいいの……」

「もっと、感じさせてやる」

大きく拡げられ、彼の唇がそこに張り付く。

「やん……そんな、吸わないでっ……！」

小さな真珠をちろちろと擽られ、舌で包まれながら吸われる。すでに高まっている体はあっという間に達してしまいそうだ。

「まだだ……我慢しろ……」

いきそうになるとふっと唇が離れる。入り口の花弁を舌先でなぞったり、柔毛を手で撫でたり——少し茉莉恵の体が収まってくると再び深く口づけて快楽を高め、ぎりぎりで攻め手を止める。これを繰り返されて茉莉恵は悲鳴を上げた。

「お願い……いかせて……」

快楽でとろとろになった茉莉恵の表情を見て、藤堂は甘く囁いた。

「まだだ……もっと深く、感じさせてやるから……」

何度も高みに昇らされた蜜壺の中に、彼の指が深く突き刺さった。もう彼はそこのどこが一番感じるかを理解している。

「ひっ……！」

指先が最奥の、快楽の壺に触れる。自分の肉が勝手に収縮して高まっていくのを止めることが出来ない。

「やあぁ、そこ、駄目なのぉ……」

こりこりとした場所を何度も擦られると、そのまま達してしまいそうだ。だが今日は、彼の指でいかされたくない。

「お願い、入れて……」

自分でも信じられないくらい淫らなことを言ってしまう。

「なにをだ？」

藤堂の声に意地悪な響きがある。自分に言わせて楽しんでいるのだ。

「あの……あれ……もうゴム、あるでしょ……」

分かっているのにじらす彼が憎たらしい。だが体の壺を押さえられているので、ただ懇願することしか出来ない。

「つけて……藤堂さんを……直接、感じたいの……」

藤堂はゆっくり体を離すと、自らに避妊具をつけた。艶《あで》やかな棍棒《こんぼう》がランプの光でくっきりと浮かび上がる。

「ああ……」

ここに来てから、手や口で何度も触れたが、体内で感じたことはなかった。

彼が一瞬でも生で触れあうことを恐れたからだ。

『それで妊娠したら、今の状態では妊娠を安全に継続できない。そうなったらきっと俺は死ぬほど後悔するだろう』

欲望を滾《たぎ》らせながら、最後の一線は越えなかった彼のことを心から尊敬していた。

今夜はもう、我慢しなくていい。茉莉恵は自分の体も欲望で疼くのを感じた。

(私って、こんなにHだったんだ……)

藤堂と出会うまで処女だったのに、自分で慰めることすらしていなかったのに。

自ら欲しがるようになったことに、驚いている。

(変わったんだ)

藤堂に出会って、自分は変わった。

彼を求める気持ちを抑えられない。

「来て……」

大きな体が覆いかぶさってくると、全身の細胞が喜びに震える。

とろとろに蕩けた果肉に剛棒がめり込んだ。

「ああ……いい……！」

彼の存在を奥深く感じている、そのことで自分の肉体が喜んでいた。

「お前の中が……気持ちいい……」

彼の声も上ずっていた。快楽を感じてくれている、それが嬉しかった。

「ふあん……」

ずん、と奥まで届く。その衝撃だけでいってしまいそうになった。

「お前も、いいのか？」

気が付くと藤堂が顔を覗き込んでいた。

「いい、の……」

彼の背中に手を回すと、しっとりと汗ばんでいた。そっと首の後ろに指を滑らすと苦し気に呻く。

「もう……いってしまいそうだ、久しぶりで……気持ちが良すぎる」

快楽に溺れているのは自分だけではない、それが分かって嬉しかった。

「来て……私も、もういきそうなの……」

太いうなじを撫でながら囁くと、彼の口から獣のような唸《うな》り声《ごえ》が聞こえた。

「ああ……そんな風に言われたら、駄目だ、我慢できない……！」

彼の手が腰をしっかりと摑む、そして激しく挿入を始めた。

「あ、あ、凄い……！」

荒々しく中を突かれ、茉莉恵はのけ反った。自分の中が熱くて、燃えそうだ。

「出る、出る……！」

いつもよりずっと早く彼の絶頂がやってきた。深く貫くものの先端が、自分の子宮の入り口に当たっている。山の生活で開発された場所だった。

（あ）

そこに薄いゴムを通して熱い射精の振動を感じた時、茉莉恵の体は勝手に痙攣を始めた。

（これ、なに……？）

「ひ、あ……」

体内で藤堂の太いものがぶるぶるっと震えている。それに合わせて自分の雌核も一気に膨らんでいく。

「きゃうぅ……」

ぴくぴくと精を吐き出す動きに合わせて狭い蜜壺もひくひくと蠢いていた。ゴム越しでも男の精を欲しがるように――。

「中が……動いて、良すぎる……全然小さくならない」

ゴムの中で達したはずの剛棒は、いまだ硬さを保っていた。

「私も……」

茉莉恵の中もまだ燃えている。欲しがって、ひくひくと絡みついている。

「くそ、大事に使わなきゃならないのに……」

藤堂は一旦自分のものを茉莉恵から引き抜くと、精が溜まったゴムを外し新しいものを取

り付けた。

「もう一回、入れるぞ」

再び奥まで貫かれる。茉莉恵の体は待ちかねたように再び収縮を始めた。

「ああ、いいの……」

一回精を吐き出した藤堂の肉体はやや落ち着きを取り戻した。彼はゆっくりと腰を使い、中の感触を楽しむ。

「濡れてて……熱い、柔らかいのにきついよ……離れたくない」

「私も、私も……」

彼と深く繋がる、この時間がなにより愛おしかった。

快楽と愛情が、判別できないほど混じりあった時間。

彼への愛情の他、なにも考えられない。

「あ、深い……」

藤堂は茉莉恵の体を起こした。彼の腰に跨がる形になる。

彼のものが、さらに奥へと突き刺さる。

「ひゃう……」

深く深く貫かれ、串刺しにされているようだ。自ら腰を上下させて彼の感触を確かめる。

「いいよ……俺のものが、摑まれている

二人は抱き合い、口づけをする。体の上と下で絡み合い、粘膜が合わさる。

「ああ、あ、ここが、いいの……！」

自分から快楽を求めてしまう、淫らな腰つきが止められない。

「今当たっているところが、いいのか？」

藤堂は自分の上で悶《もだ》えている茉莉恵の体を熱っぽい目で見つめる。胴の上で揺れている乳房を大きな掌で覆った。

「そうなの、ここが……いいの……」

彼の先端が筒の奥に当たっている。こりこりと擦られるたび気が遠くなるほど快楽が全身に走る。

「あ……また……いきそう……」

繋がったまま乳首の先端を摘まれると全身の毛穴からどっと汗が噴き出た。彼に見られながら達する——羞恥心がさらに脳を焼いた。

「やあ……凄い……」

きゅうっと胸の突起を強く摘まれると同時に全身がかあっと燃え上がった。肉の内部がびくびくと震えて熱が湧き上がる。

「いったな……中が震えて……たまらない」

達したばかりの体を抱きしめて、藤堂が激しく突き上げる。火照った粘膜をさらに擦られて茉莉恵は喘《あえ》いだ。

「あ、強くて……壊れちゃう……！」

茉莉恵は必死に彼の体にしがみつく。大木のように逞しい彼の胴は嵐のように体内をえぐる。

「出る……！」

耳元で低く呻かれ、体内に放出される感触があった。それに合わせて自分の肉体も浅く痙攣する。

二回達してようやく彼の欲望は収まったようだ。

「……待ってろ、今お湯を持ってくるから」

藤堂は魔法瓶から湯を洗面器に出そうとしたがすでに空だった。もう竈の火も消えている。

「いいわよ、水で」

「よくない、汗をかいた後冷えたら風邪を引くじゃないか」

藤堂はパンツをつけただけの姿で竈の熾火からもう一度火を熾《おこ》した。なんとか鍋で湯を沸かし、体を拭くことが出来た。

「やっぱり不便だな、電気もガスもないと」

布団に入り、ランプを消して藤堂がぽつんと言った。

「そうね、でも結構慣れてきたかも」

こんな不自由な生活でも茉莉恵は意外と平気だった。ないと思えば我慢できる。

「……期待させて、がっかりすると可哀想だから言わなかったんだが」

藤堂は携帯電話を取り出す。それは衛星からの通信で繋がるもので、通常の携帯が圏外の山奥でも使用できた。太陽電池で常に充電してある。

「ＤＥＡがアントニオ逮捕のため本格的に動き出したようだ」

「本当⁈」

暗闇の中、茉莉恵は思わず起き上がった。

「今まで日米の政治家たちの調整に時間がかかったのだが、ようやくそれも解決しそうだ。シカゴの知り合いからそう聞いた。向こうで令状が発行されれば日本で逮捕し、引き渡せる」

そういえば最近英語で誰かと話をしていた。彼は海外にも私的なネットワークがあるらしい。

「やった、下界に戻れるのね！」

思わず彼に布団の上から抱き着いた。

「さっきは慣れたと言ったのに、やっぱり文明が恋しいんだな」

からかうように言われて悔しくなった。

「だって……やっぱりお風呂が恋しいもの」

ここに来てから体を洗うのは川の水だけだった。五右衛門《ごえもん》風呂はあるが、大量に薪を使うので焚《た》いたことはない。

「明日、天気もいいようだし風呂を沸かしてみるか」

「いいの?!」

「ああ、かなり薪も溜まってきた、一度くらいいいだろう」

嬉しかった。この生活ももうすぐ終わる、その後は——。

(一緒に、いられるんだ——)

藤堂は確かに自分のことを『好きだ』と言ってくれた。

『お前は特別な女だ』

彼の言葉が胸の奥で光っている。

(この幸せが、まだ続く)

東京に戻って、自分は生活を取り戻す。赤坂のマンションで一緒に暮らせるのだ。

藤堂に語った自分の夢、柔道のコーチになるための勉強も始められるかもしれない。

(なんでも出来る)

彼と一緒にいたら、自分も変われそうな気がする。

茉莉恵は余韻の残る体のまま、眠りについた。

六　立ち向かう女

翌日は晴天で空気も乾いている。ドラム缶で作った五右衛門風呂に薪をくべるとあっという間に燃え上がった。

「先に入っていいぞ」

藤堂は器用に火を調節している。茉莉恵は手早く服を脱ぐと、小さなタオルだけ持ってドラム缶の中に入る。

「ああ、気持ちいい！」

久しぶりの風呂に全身の筋肉がゆるむ。藤堂は一旦側を離れるとなにかを持って近づいてきた。

「これ、飲むか」

「嘘……」

それは紛《まぎ》れもなく缶ビールだった。持ち込んだ食料にはそんなものはなかったはずだ。

「この家に残っていた食材に混じっていた。もちろん賞味期限は切れているが、缶が膨らんでいないから大丈夫なはずだ。井戸に放り込んで冷やしておいた」

「いいの？　藤堂さんの分は？」

彼は首を横に振った。

「俺は酒にあまり強くない。お前が飲むといい。結構好きだろ？」

涙が出そうだった。彼だって赤坂のマンションにいた時はワインを飲んでいたから、それなりに飲めるはずなのに――。

「ありがとう……最高の体験だわ」

プルタブを引くと小気味のいいプシュッという音がした。細かな泡も零《こぼ》さぬよう口をつけると、爽やかな苦みが広がる。

「ああ、美味しい！」

久しぶりの炭酸だった。風呂に入りながら晴天の下、冷えたビールを飲む、死ぬほどいい気分だった。

「ビールってこんなに美味しかったんだ……」

ドラム缶の縁に腕を乗せて空を見上げる。梢の間を小鳥の声が響いている。枝と枝の間を飛び交う鳥の影――。

「え」

最初は鳶《とび》と思った。鳥にしては大きな影。

だが違った。それはゆっくりこちらへ近づいてくる。

「あれはなに？」

茉莉恵の言葉に顔を上げた藤堂の表情が一変した。

「風呂から上がれ！」

「え、ええ？」

「あれはドローンだ！　きっと追手だ、アントニオに見つかった！」

頭を後ろから殴られたような衝撃だった。慌てて風呂から出ると家に入り、服を身に着ける。

「ああ……！」

もう一度外に出て空を見上げると、信じられない光景が広がっていた。ドローンが五機も空中に浮かんでいる。

「いったい、どうして」

ここが見つかったのだろう。目の前が一気に暗くなった。

呆然としている茉莉恵とは裏腹に、藤堂はドラム缶風呂を蹴り倒して焚火《たきび》を一気に消した。

真っ白な煙が大量に舞い上がり、ドローンの群れが彷徨《さまよ》い出した。

「逃げるぞ」

「わ、分かったわ」

彼は茉莉恵の瞳をしっかり見つめる。

「一旦ばらばらに逃げよう、その後打ち合わせした通り……」

彼の話が頭に入ってこない。手足が冷たくて動かなかった。

「どうした、行くぞ」

藤堂が手を引いてくれても足が動かなかった。

恐怖で体が縛られている。

「無理……」

「なんだって?」

「誰か、近づいてくるわ」

ザク、ザクと草や枝を踏む音がする。一人や二人ではない。

「おーい、久しぶり、海に飛び込んで風邪を引かなかったか?」

山の中から現れたのは、客船で遭遇した小泉、それに、外国人の男――。

「アントニオ!」

コカインマフィアのボス、アントニオが目の前に現れた。

その後ろから、拳銃を構えた男たちが十人以上近づいてくる。

「やあ、元気そうだな」

小泉はまるで近所の人のように近づいてくる。藤堂は茉莉恵の体を抱きしめた。

「どうやってここが分かったんだ？」

彼は指で空を指す。

「ドローンさ。お前たちが客船から逃げて山の方へ向かったのは分かったが、そこからの足取りが掴めなかった。そこで、この周辺の山をドローンでくまなくスクリーニングしたんだ。空き家のはずなのに熱反応がある場所を探した。時間がかかったよ、動物や、空き家に勝手に住んでいるホームレスだったり……ようやくお前たちを見つけたのは三日前だ。本当に嬉しかったよ」

空の上から探されているなんて、まったく気が付かなかった。藤堂の腕がぎゅっと自分を抱きしめた。

「さあ、もう抵抗するのはよせ。これだけの力差でかなうわけないだろう。その女を渡したら、お前だけは助けてやる」

頭ががんがんする。自分はどうすべきなのだろう。

（藤堂さん）

自分が死ねば、彼は助かるのか。

それなら、自分は。

「……分かった、だが少し時間をくれ。最後に別れをさせてくれ」

小泉の表情がきつくなった。

「また逃げる算段を考えているのか？　今度は地下道でも掘ってあるのか」

「違う、最後ならただ別れを惜しみたいだけだ。こんなに囲まれていて逃げられると思うか？」

アントニオが小泉になにか囁く。

「悪いがそれは出来ん。お前たちを二人きりにしたら自殺したり、楽に死んだりするだろう。アントニオさんはその女を自分の手で殺したいそうだ。自分のプライドを傷つけられたからな」

茉莉恵は自分を見つめるアントニオを見返した。彼はにやにやと笑いながら自分を見つめていた。

その茶色の瞳は加虐の喜びで光り輝いていた。

「おい、女」

不意に彼が自分に話しかけてきた。簡単な英語だから自分でも分かる。

「お前のせいで俺は笑い物だ。絶対に許さねえ、泣き叫んでいる顔を晒してやる」

次の瞬間、茉莉恵の中に不思議な力が湧いてきた。

（絶対に、諦めない‼）

藤堂が自分を抱きしめる手は細かく震えている。彼は自分を守るために命をかけるつもりだ。

彼のためにも、絶対に諦めない。

「茉莉恵、やるぞ」

彼の声が上ずっていた。

「分かったわ」

自分が即答したので藤堂は息を呑んだ。

「やれそうか、逃げる時俺と一緒にいくか」

茉莉恵は小さく「いいえ」と言った。

「アントニオの部下たちは大きな銃を持っていないわ。小さな拳銃で、威力のあるマシンガンじゃない。森に逃げ込めば弾は当たらないわ」

彼がふうっと息を吐いた。

「まったくお前は……公安顔負けだな」

二人は見つめあい、頷きあった。

力を合わせれば出来ないことはないのだ。

「落ち合う場所はあそこね」

「ああ、そうだ」

「じゃあ、まずアントニオと小泉をなんとかするわ」

茉莉恵は藤堂から一旦離れる。

「……大丈夫か、俺がやろうか」

振り返って笑顔を見せる。

「アントニオが用があるのは私よ、大丈夫」

近づいてきた茉莉恵を見たアントニオはにやにやと笑い、小泉になにか囁いた。

「どうした？　女らしく謝る気になったか？　もしお前が心から謝罪をする気になれば助けてやってもいいぞ。まずその場で服を脱げ」

周囲の男たちがどっと笑った。茉莉恵は悔しさを堪えてある一点で立ち止まった。そして、ブロークンながら英語で彼らに呼び掛ける
『あんた、女《ヘイ、ユー》に負けて悔しくないの？　もう一度勝負しましょうよ』

アントニオと小泉はぎょっとした顔になった。茉莉恵は言葉を続ける。

『なによ、もう一度負けるのが怖いの？　部下の前で地面を這わせて、土を食わせてやるわ』

アントニオの顔がみるみる赤くなる。

『俺はブラジリアン柔術の使い手だ、お前の首をへし折ってやる！』

彼が猪《いのしし》のようにこちらに走り寄り――不意にその姿が消えた。

「え、アントニオさん……うわああ！」

思わず近づいた小泉の姿も消えた。二人は家の前に大きな落とし穴を掘っていたのだ。穴の上には細い竹の板を交互に組みあわせてその上から枯れ葉を敷いてあるので、動物が乗ったくらいでは落ちない。だが大柄な男性が乗ればひとたまりもなかった。

「やった！」

アントニオの部下たちがボスを助けるために右往左往しているうちに、茉莉恵と藤堂は別々に森の中に入った。やがて背後からパン、パンと乾いた音がする。

（拳銃だ）

部下たちはむやみやたらに発砲している。だが森の中で動く標的にそう当たるはずがない。

（藤堂さん、無事でいて）

茉莉恵は祈りながら森を駆け抜けた。

二人は事前に逃亡ルートを決めてあった。茉莉恵は一旦笹《ささ》の茂る場所に身を隠し、少なくとも一晩待機する。藤堂も同じようにしているはずだ。

ここに到着してすぐ藤堂が考えた逃亡ルートだった。彼は一パーセントでも見つかる可能性があるならそこから逃げる方法を準備していた。

（無事でいて）

日が陰り、気温が下がってきた。茉莉恵は隠れ場所に置いてあった防災シートを取り出し、体を包んだ。自分の体温でじんわりと温まってくる。これも山で過ごすため、あらかじめ用意してあったものだ。

(お腹《なか》が空《す》いたけど、仕方ないわ)

一旦家に入れれば食料と水も持ち出せたのだがその余裕はなかった。笹の葉についた夜露を舐め、水分を補給する。

(きっと、大丈夫)

夕方まで人の気配が遠くでしたが、日が落ちるともういなくなったようだ。明日の朝再び来るかもしれないが、その頃自分たちはもう違う場所にいる。

(藤堂さん)

久しぶりに独りで過ごす夜だった。

(生きていて)

自分より相手を想う、きっと彼も同じ分量で自分を想っているだろう。

(負けるはずがない)

アントニオがどれほど力を持っていようと、自分たちが負けるはずがない。彼の命運ももうすぐ尽きようとしている。

(大丈夫)

笹の葉をまとめて枕を作り、茉莉恵は目を瞑った。

これほど朝日が待ち遠しい夜は初めてだった。

土の寝台でも少し眠れたようだ。目を開けるとすでに空はほの明るい。

（行こう）

人もドローンの気配もしない。藤堂と決めておいた合流場所へ向かった。

（無事でいて）

もし彼が捕まっていたら……待ち合わせ場所に来なかったら……嫌な予感ばかり頭をよぎる。

（考えちゃ駄目！）

自分と藤堂は絶対に助かるはずだ、そう信じて山道をかけ下りる。

ようやく開けた場所に出た。そこは滝のある場所だった。山に初めて来た時、体を洗ったところだった。

体を森の中に隠しながら茉莉恵は石を河原に向かって投げた。藤堂が側にいればこれで気づいてくれるはずだ。声を出すのはリスクが高い。

すると、自分より川下の方からこつん、こつんと石が投げられた。

「藤堂さん！」

もう我慢できなかった。森から出て河原を走る。

「ばか、危ない！」

藤堂は慌てて茂みから出てこちらへ走ってきた。

危険なのは分かる。だが一分でも早く彼に会いたい。

「ああ……！」

全身でぶつかる茉莉恵を藤堂は抱きしめてくれた。

「お前って奴は……本当に……」

彼の手が自分の髪をくしゃくしゃにかき乱した。

「成功するって、思ってたもの」

落とし穴を作っている時は正直、時間つぶしだった。本当に使うとは思っていなかった。

だからアントニオと対峙《たいじ》した時、怖くて仕方なかった。本当にあの落とし穴にはまってくれるだろうか。

「あんなに上手くいくなんて……」

まるでコントの仕掛けのように落ちていった彼の姿を思い浮かべると、茉莉恵は笑いが止まらなくなった。

「ふふ……あいつの顔……ははは、ああ、おかしい」

自分につられて藤堂もくすくす笑い出した。

「かなり深かったな、あの穴……ふふふ……苦労して掘った甲斐《かい》があった」

「本当……ふふ」

笑いあっているうちに涙が出てきた。

「良かった……生きられて……」

何度も心が折れそうになった。諦めてしまおうかと思ったことだってある。

だが今藤堂と見つめあっていると、望みを持っていて良かったと感じる。

「お前が無事で良かった」

彼が自分の髪から木の葉を取り、頬にキスをする。自分の顔は笹の葉ですり傷だらけだった。

「アントニオたちに囲まれた時、本当にもう駄目かと思っていた。体が凍り付いたように動かなくて……お前がすぐ『やれる』と言ってくれて嬉しかった」

茉莉恵は彼の頬にそっと触れた。自分も彼と同じ思いだった。

だが、アントニオにあざ笑われた時、急に力が湧いてきたのだった。

自分も藤堂も、絶対負けない。

次の瞬間、一気に脳が回転し体が動いた。

「だって、悔しかったの……あんな奴に負けたくない」

藤堂は自分の頭を撫でてくれた。

「何度も言うけど、お前は本当に凄いよ……強くて、勇気がある。尊敬するよ」

胸が熱くなった。自分が強いとすれば、それは彼が守ってくれるからだ。

「自分一人じゃ逃げられなかった。藤堂さんがいてくれたからよ」

二人は川の水を飲み、顔を洗った。藤堂も土の上で寝たらしく顔が泥で汚れていた。

「これからどうするの？」

逃げ出したはいいが、もう隠れるところはなかった。

「昨日携帯で辻と連絡を取ってある。彼の話では」

その時、周囲の茂みががさがさと揺れた。

(まさか?!)

「ははは、逃げられると思ったか」

信じられなかった、草むらから出てきたのは小泉だった。後ろからアントニオも出てきた。

「よくもアントニオさんと俺を痛めつけてくれたな。たっぷりお仕置きをするとおっしゃっているぞ」

アントニオの表情にはもう笑みがなかった。本気で怒っているらしい。

「どうして……」

小泉は四角い無線のようなものを取り出した。

「外との連絡に衛星電話を使っているはずと思ったんだ。これは五キロ以内の電波を拾える。そっちの男の位置は摑めたから、ずっと上空からドローンで把握して、女と合流するまで待っていたんだ」

上を見ると、かなり上空でちらちらと動くものがある。音が聞こえないので気が付かなかった。

「そうか……」

藤堂は自分をぎゅっと抱きしめた。

「アントニオさんは、もう手加減しないそうだ」

小泉の隣にいるアントニオは腰の後ろから拳銃を取り出した。

「女をこちらへ寄こせ、そうでなければ二人ともここで殺す」

彼の表情にはすでに笑みはなかった。

「抵抗したらまず男の方を殺す。その後女はアントニオさんがたっぷり可愛がってくれるそうだ。ここならどれほど悲鳴を上げても助けは来ない」

はっと振り返ると川の方にもアントニオの部下が回り込んでいる。

（もう逃げられない）

茉莉恵は藤堂の顔を見上げた。

「……私を殺して」

藤堂の瞳が真っ直ぐ刺さった。

「藤堂さんが殺されたら、私は拷問された後殺されるわ。だったら今、首を絞めて殺して」

柔道の締め技では頸動脈《けいどうみゃく》を押さえて落とすことが出来る。そのまま締め続ければ脳に血液が行かず死亡する。

「お願い、私を愛しているなら楽に殺して……！」

涙を浮かべる茉莉恵に藤堂は口づけをした。

そのキスは長く、深かった。

（藤堂さん！）

長いキスにじれたのか、アントニオが近づいてきた。

「藤堂さん、早く……」

急がないと彼らは藤堂を殺して自分を手に入れてしまう、茉莉恵は焦った。

「早く、私を殺して……！」

藤堂はそれでも自分をじっと見つめていた。

「お願い、急いで！」

茉莉恵は焦っても、彼の表情は変わらない。

「焦っちゃ駄目だ。最後まで諦めるな。俺の知っている茉莉恵は強い女だ、こんなことで負けるんじゃない」

「諦めて、私はもう」

声を出す茉莉恵の口を藤堂の手が塞いだ。

「静かに」

（え？）

しばらくはなにも聞こえなかった。

（なにが起こるの）

不意に藤堂が顔を上げた。それに合わせてアントニオや小泉も上を見上げる。

（あ）

ようやく気が付いた。風とは違う気配。

プロペラ音が上空から落ちてくる。

「あれは、なに？」

藤堂が口を離してくれたので、ようやく茉莉恵は彼に尋ねることが出来た。

「友達が迎えに来てくれた」

「ええっ？」

白いヘリコプターが河原に近づいてくる。ものすごい風から藤堂は茉莉恵をかばった。

かなり近づいてからなにか声が聞こえた。英語だった。

『アントニオ・ピオネ、君には逮捕状が出ている。武器を捨て投降しろ。我々は日本の麻薬取締部だ』

ヘリコプターは河原に到着した。扉が開くと防護服に身を包み、拳銃を持った男たちがぞろぞろと出てきた。アントニオの部下たちより数が多い。彼らの数と武器を見た部下たちは慌てて地面にうつぶせた。

「藤堂さん、お久しぶりです」

「おーい、トウドウ、元気か？」

最後に降りてきたのはスーツ姿の日本人男性と金髪の男だった。彼らは真っ直ぐこちらへ近づいてくる。

「遅いぞ、朝にはついているはずだったろう」

藤堂はまるで友人相手のような気軽な口調だった。

「申し訳ない、東京から出発する時に天候が不安定だったんです」

金髪の男がまぜっかえすように言う。

「デンシャじゃないんだから、仕方ないだろう」

呆然としている茉莉恵に藤堂が説明した。

「こちらは麻薬取締官、いわゆる『マトリ』の村山《むらやま》だ。こっちはＤＥＡのジェームズ。彼とは留学時代に知り合った。アントニオの件でこの二人とずっと連絡を取り合っていた」

振り返るとアントニオと小泉はすでに後ろ手に拘束され、手錠をかけられそうになっている。麻薬取締官は警察のように拳銃も持てるし、逮捕権もある。

「アメリカでやっと令状が出たんだ。まったくのろまだね。遅くなって申し訳ない」

驚くほど日本語の上手いジェームズは茉莉恵にウインクしてお辞儀をする。

「初めまして、マリエさん。君のことはトウドウから聞いているよ、彼のスウィートなんだって？」

「えっ」

思わず藤堂の顔を見る。

「いやあ、彼の口からそんな甘い単語が出るとは思わなかったね。トウドウも人間なんだな」

茉莉恵は思わず彼の襟ぐりを摑んだ。

「私、スウィートなんて言われてないわ」

彼は困ったような顔をした。

「別に、言う必要なかったから」

「言ってよ！　言って欲しいわ、それに、二人がこちらへ向かっていることも知っていたのね」

彼は照れ臭そうに笑った。

「まあ、そうだな」

「酷い！」

彼の胸板を拳で叩く。

「私は本当に死ぬと思ったのに！　自分だけ平気な顔をして、酷いわ！」

藤堂は慌てて茉莉恵の攻撃を掌で受け止める。

「違うよ、俺だって怖かったよ。アントニオがもう少し短気だったら二人とも撃たれていたかもしれない。どうやって時間を稼ごうか考えていて、お前に説明する暇がなかった」

彼の言い分は分かる。それでも気持ちは収まらなかった。死の間際まで近づいて引き返した、気持ちの乱高下が止まらない。

「ジェームズって、なんなのよ、スウィートって……いつの間に言っていたのよ……」

彼の胸を叩きながら、どんどん涙が溢れてくる。

生きていて良かった。

諦めなくて良かった。

もう死に怯えなくていいのだ。

ずっと溜まっていた恐怖が解けて、目から噴き出した。

「もう……良かった……」

藤堂の胸に抱き着いて、涙を彼の服でぬぐう。

「本当に助かって、良かった」

彼の腕が自分を包んでいる。この世で一番安全な場所。

この時、自分は気づいてなかったのだ。アントニオが手錠をかけられる寸前で麻薬取締官を投げ飛ばし、拳銃を奪ったことを。

不意に背後で怒号が飛んだ。

「やめろ、アントニオ！」


振り返ると、拘束されていたはずのアントニオがこちらに走り寄っていた。

手に拳銃が握られている。

（え？）

なにが起こったか分からなかった。目の前の風景が急に揺れる。

気が付くと河原に倒れていた。半身に痛みが走る。

藤堂が自分を突き飛ばした。

そして、軽い音がした。

小さな拳銃、小さな銃弾――だが、大きな体がぐらりと揺れた。

（藤堂さん）

声が出なかった。視線の隅でアントニオが麻薬取締官に捕らえられ、拳銃を取り上げられるのが見える。

「トウドウ！」

ジェームズの声が遠くに聞こえる。

彼は河原に倒れていた。

白い石の上に血がついている。

その大きさが、どんどん大きくなっていった。

「藤堂さん！」

やっと体が動いた。彼の元に行かなければ。

「触るな！　出血している。救急班に任せるんだ」

駆け寄ろうとした茉莉恵は村山に抱き留められた。白い服を着た男たちがあっという間に彼を囲む。

「藤堂さん、藤堂さん！」

村山の声もすこし上ずっている。

「彼はこのヘリでは運べません。すぐドクターヘリを要請します。あなたは私と一緒にきてください」

「嫌！　彼と一緒にいるの」

ジェームズが茉莉恵の腕を強く掴む。

「アントニオの部下がまだ側にいるかもしれない。安全が確保されるまで油断するな」

目の前が暗くなった。こんな状態の藤堂と離れなければならないなんて。

「お願い、彼の側にいさせて……」

茉莉恵はその場に崩れ落ちる。河原の石に涙が落ちた。

ジェームズが自分の前に跪く。

「君は、藤堂が命をかけて守った女性だ」

彼は目の前に手を差し出してきた。

「彼の望みは君が安全であること——それを叶えてやってくれないか？　友人からのお願いだ」

自分の胸がふいごのように空気を吸っては吐き出す。もう一度、藤堂の方を見た。

大勢の人間に囲まれて、今は担架の上にいた。

(私が今、出来ることはない)

つらいがそれを認めるしかなかった。意識のない彼の側にいても、救護の邪魔になるだけだ。

「……分かりました」

茉莉恵は立ち上がってヘリに乗り込む。河原から飛び立った白い機体は東京方面に向かって進んだ。

しばらくするとドクターヘリの機体が自分たちとすれ違った。それを心の支えに茉莉恵は祈る。

（お願い、神様）

誰に祈ったらいいのか分からない。ただ茉莉恵は祈った。

（藤堂さんを助けて）

七　立ち去った女

ヘリは都内のヘリポートに到着し、茉莉恵はすぐ大学病院に連れてこられた。全身の精密検査を受け、個室に入院する。

「お風呂がある……」

それほど広くはないが、湯船がついていた。たっぷり湯を入れて体を沈める。しばらく水でしか洗っていなかった体はいくら擦っても垢《あか》が出た。

「藤堂さん……」

彼のことを考えるだけで涙が出てくる。自分のために風呂を沸かしてくれた、命をかけて自分を救ってくれた。

(私をかばったんだ)

アントニオの銃弾は自分を狙っていた。藤堂が先にそれに気づいた。銃弾から自分を守るために突き飛ばし、彼が撃たれたのだ。

(あそこでぐずぐずしていなければ)

ヘリにすぐ乗り込んでいれば、藤堂が撃たれることはなかった。自分が落ち着いていれば――。

「なんであんなこと……ジェームズのこととか、どうでも良かったのに」

風呂で涙が枯れるほど泣いた。それしか出来ることがなかった。

三日後、ようやく藤堂のことで連絡が来た。現れたのは辻だった。

「茉莉恵さん、藤堂さんの意識が戻りました」

「本当⁈」

久しぶりに会った辻の顔はやつれている。

「今はICUに入っていますが、窓の外から顔を見られますよ、行きますか」

「もちろんよ！」

ICUの前に来た。ガラスの向こうに藤堂が横たわっている。

「藤堂さん！」

意識が戻ったと聞いたが、目の前にいる藤堂は人形のように眠っている。

「出血が多くて、一時は危なかったんだ。弾丸が中に残ってしまって、肝臓が傷ついてしまった。もしかすると、もう激しい運動は出来ないかもしれない」

（そんな）

それは、公安として致命的ではないだろうか。

「これから、どうなるの……」

茉莉恵は弱弱しい声で尋ねる。

「まずは体調を戻さなければ、リハビリ期間も入れると半年……その後、公安での処分が待っているだろうな。藤堂さんは上司の命令違反をしたんだから」

(処分)

二人きりの時の魔法は解けて、現実が襲い掛かってくる。

赤坂のマンション、豪華客船の旅、そして山奥での暮らし――。

全部、藤堂が自分を守ってくれていたのだ。

そのせいで彼は傷だらけになった。回復しても、もう元の仕事には戻れない。

(私は、なんてことを)

自分が助かるために、彼を犠牲にしてしまった。

彼の愛に甘えて、先のことなど考えず。

呆然と立ち尽くしていると、藤堂の頭が少し動いた。

そして、こちらを向いて自分に気づく。

チューブのついた顔が、少し微笑んだ。

(藤堂さん!!)

どうして微笑んでくれるの？

どうしてそんなに優しいの？

（私、なにも返せないよ）

涙をこらえて彼に向かって笑顔を作り、手を振った。彼も手を振りたいようだが、まだ腕を上げることすら無理なようだ。

（そんな）

あの頑丈な男がそこまで弱ってしまったことに茉莉恵はショックを受けていた。

「……戻るね」

彼を疲れさせないようＩＣＵの窓から離れた。ナースステーションの前を通り過ぎる時、ロビーの椅子に座っている人間を見てはっとする。

（藤堂さんのお父さんだ）

一度しか会ったことはないが、間違いなかった、藤堂の父親、隆之だ。

だが赤坂のマンションで出会った時とはまったく違う雰囲気だった。長椅子の端に座り、背中を丸めている。側に誰もいなかった。

「向こうにいこう。お前はまだ会わない方がいい」

辻と一緒に一階の待合室に移動した。

「お父さんは、藤堂さんのことをどうするつもりなの？」

彼が処分されるにしても、警備局長である彼の父親が力添えすればどうにかなるのではないだろうか。ずるいかもしれないが、背に腹は替えられない。

「なんとか公安に残れるように出来ないかしら。少し降格になったって、優秀な人だもの。きっとまた元の地位に戻れるわ」

辻は小さくため息をついた。

「藤堂さんがお父様である警備局長に頭を下げて頼めばな」

「それは、元気になったらきっと……」

彼は自分をきつく見つめる。

「すると思うか？　あんたを殺そうとしたのに」

はっとした。確かに隆之は自分の死でこの問題を解決しようとしたのだ。

「……私は、もう気にしないわ」

危機は脱した。過去のことは水に流そう。父親だって自分が憎くてやったわけではない。

だが辻は首を横に振った。

「あんたが許しても藤堂さんは許さない。あの方は決して自分から父親に温情を請うことはしない、だから局長もなにも出来ない。本人が望んでいないのに助けることなど出来ないからな」

（そんな）

辻は窓の外から遠くを見た。

「局長は苦しまれている。本当は息子を救いたい。自分の側にいて欲しいはずだ。だが自分に逆らったことへの怒りもあるし、周囲への手前あからさまにかばうわけにもいかない。ケーヘリの時のように藤堂さんが局長と一緒に上層部へ謝罪をしにいけばなんとかなるだろうが……」

（藤堂さんはしない）

その原因はなにか、もう分かっていた。

（私がいるから）

自分を殺そうとした父を、まだ藤堂は許していない。

自分が側にいるから、藤堂は父を受け入れられないのだ。

（私のせい）

目の前が暗くなって茉莉恵はベッドに座り込んだ。

「……あんたはアントニオの脅威がなくなったと分かったらここを退院する。あと二週間程度かかるだろう。その後は一時的に住む場所をこちらで提供する。以前の部屋は引き払ったからな。その後、生活の軌道が乗るまではサポートさせてもらう」

「……一つ、聞きたいことがあるんだけど」

「なんだ」

「あなたは、私が藤堂さんと一緒にいることをどう思う？」

辻はしばらく無言だった。

「……俺は、ただあの人の決定に従うだけだ」

「あなたの意見が知りたいの！　藤堂さんの側にずっといたんでしょう」

辻が突然こちらを向く。

「俺は、あの人に幸せでいて欲しいだけなんだ！」

茉莉恵も彼をじっと見つめる。

「藤堂さんの幸せって、なに？」

辻の瞳が心なしか、潤んでいるような気がする。

「やりがいのある仕事をして、愛する人間を守ることだ。男はそれが喜びなんだ」

茉莉恵は一歩彼の方へ踏み出す。

「それは、女も同じよ」

茉莉恵は決意した。愛する人を守ることを。

(藤堂さんを幸せにしたい)

「辻さん、お願いがあるんだけど」

自分の決意を知らせても彼の表情は変わらなかった。ある程度なにかを悟っていたのかもしれない。

藤堂道隆がようやくＩＣＵを出て一般病棟に移った一週間後、斉木茉莉恵の姿は病院から消えていた。誰に尋ねても行方が知れなかった。

千葉《ちば》県、柏《かしわ》市の小さなマンションは、駅から少し離れているが、築年数は新しく２ＤＫで一人暮らしには充分だった。

「わあ」

茉莉恵はその部屋に入ってまず驚いた。以前自分が住んでいた埼玉の部屋の調度品がすっかり揃っていたからだ。ローテーブルやソファーはもちろん、クローゼットの中の服や、窓際に置いておいたペチュニアの鉢まで置いてあった。

「あんたの部屋のものは生鮮食料品以外揃っているはずだ」

部屋まで付き添ってくれた辻は胸ポケットから封筒を取り出した。

「これは一か月分の生活費だ。家賃は半年払い込んである。その間に生活を立て直すといい」

中を見ると二十万入っていた。自分の月給より多い。

「こんなに……もらっていいの？」

躊躇う茉莉恵に辻は強引に封筒を渡す。

「いいから受け取るんだ。今は余計なことを考えなくていい。それから、これは新しい携帯だ。データの移行は出来なかった、アントニオが持っているあんたの携帯は公安で保管しているからな」

「別にいいわ、それより、もう親に連絡していいの？」

「ああ、もういいだろう。関係者にはあんたは急に海外に出張したことになっているから話を合わせろよ。古い携帯は海外で盗難にあったことにしろ」

茉莉恵はさっそく埼玉に住む親に電話をした。ほぼ二か月ぶりに母親の声を聞くと、感情が高ぶりそうになる。

「茉莉恵?!　海外出張って聞いたけど帰国したの？　教えてくれれば迎えに行ったのに」

「ありがとう……忙しくて、連絡できなかったの。皆元気？」

「元気に決まっているじゃない、茉莉恵こそ大丈夫なの？　海外のご飯は口にあった？」

これ以上話すと泣いてしまいそうだった。近いうちに実家へ行くことを約束して電話を切る。

「はあ……」

目をぬぐっている茉莉恵を辻はじっと見ていた。

「大丈夫そうだな。なにか変化があったら俺に電話しろ。事件に巻き込まれた人間は後から

ＰＴＳＤを発症することもあるらしい」

「……ありがとう、色々」

玄関に座り靴ひもを結んでいる辻の背中に茉莉恵は問いかけた。

「これで、良かったんだよね」

彼は振り返らなかった。

「あんたが決めたことだろう」

「あなたの意見が聞きたいのよ」

靴を履き終えた辻はくるりとこちらを向く。

「どうせ慰めて欲しいだけだろう、そんな会話は無意味だ」

痛いところを突かれた。確かにそうだ、自分はただ、この選択が正しかったと誰かに言って欲しいのだ。

「だって……仕方ないじゃない……親にも友達にもこんなこと相談できないわよ！　マフィアに命を狙われて、助けてくれた公安と恋に落ちた、でもこれ以上彼の側にいられないから黙って出てきた――こんな話、あなた以外の誰に話せばいいの？」

辻は大きなため息をついた。

「分かった、愚痴が言いたくなったら俺に電話しろ。間違っても他所の人間に話すんじゃないぞ。これも仕事と思って付き合ってやるから」

「……ありがとう」

彼は出て行く前にぽつんと呟いた。

「俺だって、なんの問題もなければあんたがあの方の側にいることには反対じゃなかったぜ」

辻が出て行ってから、茉莉恵は真新しい部屋で泣きに泣いた。お湯も電気も、温かいベッドもある。外に出れば豊富な食料品だってある。

でも、彼だけがいない。

（藤堂さん）

もう会えない、夢のような男性。

（夢だったんだ）

二か月間、夢を見ていた。

甘く激しい、映画のような時間だった。

怖くなるほど愛され、苦しいほど愛した。自分がこんなに人を好きになれるなんて思わなかった。

夢は覚め、平熱の現実が待っている。

（戻らなきゃ）

自分はこちら側の人間なんだ。

毎日平和に、平凡に暮らすのが似合っている。

藤堂も危機が去れば、自分のことを忘れるだろう。

（あれは夢だったんだから）

はっと思い付いて茉莉恵はＰＣを開いた。アントニオ・ピオネの名前を英語やスペイン語で検索してみる。

「ない……」

あれほど拡散されていた自分と彼の動画が、どこにもなかった。よく分からないが、藤堂の指令で誰かが消してくれたらしい。一つ心配事が消えた。

「ありがとう、藤堂さん……」

改めて彼の愛の深さに感謝する。

真新しいベッドの中、ふわふわの羽毛布団に包まって肌触りのいいタオルを顔に当てながら、茉莉恵は山の生活を想い泣き続けた。


友人との連絡はすぐに復活した。ほとんど通話アプリで繋がっているので、新しい携帯でログインすれば元に戻った。

『結婚式にも来なかったから心配していたんだよ～』

式へ出席できなかった友人は心から心配そうな声だった。嘘に気が咎《とが》めながら茉莉恵は説明する。

「急に外国にいくことになっちゃって、向こうで携帯無くしちゃったんだよね」

『そうなんだ』

最初は驚いていた友人たちも、茉莉恵が説明すると納得してくれた。やがていつも通りのグループメールが流れてきた。

『茉莉恵も戻ってきたし、新居に遊びに行こうよ』

『いいね～いつにする?』

『次の連休にしようよ』

茉莉恵は解放されて初めて以前の知り合いに会った。当たり前だが友人たちは自分になにが起こったか知らない。

「茉莉恵、外国ってどこへ行ってたの?」

「お土産とかないの」

あらかじめ辻が考えてくれた設定を口にする。

「商社の商品開発調査で、中国の奥の方まで行ったからお土産とかないんだよね。厳しい国だから写真も一枚も撮れなかったの」

「へえ～茉莉恵、凄い仕事に関わっているんだね」

注目されて思わず口が動く。

「食事も大変だったよ、電気も水道もない宿に泊まったから夜は真っ暗で、食事もプロテインバーばっかりだったの」

本当にあったことを巧みに混ぜて話した。自分にこんな才能があるなんて知らなかった。

「特別な仕事だから結構報酬が良くて、契約が終わってから引っ越したの。今は無職だから職探ししなきゃ」

「じゃあ、次はなにをしたいの？」

そこで口が止まった。

(私のしたいこと)

『柔道のコーチになりたい』

藤堂と話していて、初めて気づいた自分の想いだった。

自分がやめる原因となった、強権的なコーチのあり方を変えたい。

これから伸びていく子供たちの支えとなるような人間になりたかった。

藤堂との生活で、唯一残っているもの。

それは、この自分の想いだけだった。

「私……柔道の先生になりたい」

茉莉恵がそう言うと友人たちがどっと沸いた。

「それはいいよ！　茉莉恵は柔道を続けた方がいいって」

「きっといい先生になれるよ」

友人たちが想像以上に喜ぶので茉莉恵の方が驚いた。

「私に出来ると思う？　教員免許も持ってないのに」

すると結婚したばかりの友人が口を開いた。

「茉莉恵が柔道やめるって言った時、皆反対したじゃない！　どんな形でもいいから続けた方がいいって。でもあんた、『もう柔道に関わりたくない』って全然関係ない仕事についちゃって」

「私、そんなこと言ったっけ……言ってたね」

あの頃は酷いコーチと、彼を排斥できない柔道界に絶望してその場から逃げ出したかったのだ。

「皆で説得したのに絶対考えを変えなくて、茉莉恵って頑固なところあるからね」

恥ずかしかった。確かに自分はそんな人間だった。

「なんで気が変わったの？　外国に行って意識の変化があった？」

「うん……」

平和な生活では起こりえなかった、命の危機を感じた。

いつ死ぬか分からないなら、自分の一番好きなことをしたい、そう思ったのだ。

それに——。

（藤堂さんとの生活を忘れたくない）

このまま以前の生活に戻ったら、彼の痕跡がだんだん薄くなるような気がする。写真すら残していない。

あの出来事が確かにあった、その徴《しるし》が欲しかった。

（生き方を変えよう）

自分の一番したいことをする、それが藤堂との思い出になる。

二度と会えなくても、彼が自分を忘れても。

自分の中に、彼との思い出が残っている。

胸の奥に、柔道への情熱が眠っていたのにどうして分からなかったんだろう。

（自分は無理だと思っていた）

大学の柔道部を追われたことで、無力感に付きまとわれていた。

自分に出来ることなどなにもないと思っていた。

（でも、藤堂さんが励ましてくれた）

『お前、凄いな』

『よく頑張った』

『お前みたいな奴、初めてだ』

『特別な女だよ』

藤堂が自分の力を見出《みいだ》してくれた。

自分は無力じゃない。

「あ、ごめん、トイレ借りるね」

こみ上げるものがあって茉莉恵は慌てて立ち上がる。綺麗なトイレで水を流しながら涙を拭いた。

(頑張ろう)

一度は死ぬと思った人生だった。これからの時間、無駄にしてはもったいない。

自分の望む人生を生きたい。

それが、全てをかけて守ってくれた藤堂への恩返しだった。

八　幸せな女

「うーん、やっぱり学校に入り直すかなあ」

柔道のコーチを目指して色々検索してみたがやはり実績がないと難しい。そもそも柔道整復師の資格を持っている人間がほとんどのようだ。

「そういえば私の通っていた道場の先生も持っていたわ」

柔道整復師の資格を取るにはもう一度学校へ入り直さなければならない。それにはお金がいる。ある程度の貯金はあるが、まだ足りなかった。

父と母に相談してみたが、二人も年金暮らしなのですぐぽんと出せるわけではなさそうだ。

「まずは貯金しよう」

公安の資金のおかげでしばらく生活費はかからない。体調はもう回復している。

「働けばもう少し貯金できそう」

正社員はすぐには無理だが、パートならやれそうだ。

茉莉恵は柏駅近くにあるデパートの地下食料品売り場で弁当屋の売り子を始めた。立ちっぱなしの仕事は少しつらかったが、昼から夕方まで勤めれば賄いも出るので夕食が節約できる。

「いらっしゃいませ、いかがですか」

その日の夕方も茉莉恵は店頭に立ち通路を行く人々に声をかけていた。その時――。

「あっ」

はっとした。店頭の前に車いすの老婦人とそれを押している夫の姿があった。一瞬、豪華客船で出会った山森夫妻と見間違えたのだ。

よく見ると別人だった。だがそれをきっかけに船の上での日々を思い出す。

何不自由ない、豪華で退屈な日々、ダンスパーティー、美しかった藤堂のタキシード姿――。

(もう元気になったかな……)

病院を去ってからそろそろ二週間だ。

(そうだ)

茉莉恵は一つ、忘れ物を思い出した。客船で藤堂が選んでくれた結婚指輪とエンゲージリングだ。

もちろんイミテーションだが、自分にとっては本物と同じだった。

(あれはまだあそこにある)

船から山に移った時は持っていった。だがアントニオたちに襲撃された時に家から持ち出せなかったのだ。

自分の記憶では、居間に残されていた鏡台の引き出しに入っているはずだ。

仕事から帰った部屋で、茉莉恵は思い切って辻に連絡した。

「あの、お願いがあるんだけど」


休日の朝に清水駅で降りると、ホームにはすでに海上保安庁の高吉が待っていた。茉莉恵は思わず苦笑してしまう。

「駅の前で良かったのに」

「いえ、藤堂さんの代わりに私が警護いたします」

藤堂の名前を出されて胸が痛んだ。自分はもう彼と関係ないのに。

（ごめんなさい）

彼と過ごした一軒家に行くにはどうしても高吉の力が必要だった。

高吉の運転するワゴンで再び山道を進む、一時間ほどで見覚えのある光景が現れた。

（ああ、ここ）

舗装がなくなり、がたがたと揺られながらワゴン車は一軒家の前に到着した。そこは、襲撃事件が起こったとは思えないほど静かだった。

「落とし穴は埋めておきましたよ、動物がはまると可哀想なので」

「……すいません」

すでに山は紅葉の季節に入っていた。自分たちが住んでいた家の屋根にも沢山の落ち葉が積もっている。中に入ると空気が冷たく澱《よど》んでいた。

（こんなに暗かったんだ）

藤堂と一緒に住んでいた時は、ランプの灯りだけでもっと明るかったような気がする。手探りするように恐る恐る居間に上がると鏡台の引き出しを引いた。

「あった」

船から持ってきた指輪が二つ、ちゃんと残っていた。取り出すと暗がりの中ぼんやりと光っていた。

「やっぱり、イミテーションだね」

豪華客船では本物と見劣りしないと思えたのに、自然光の中では鈍い光しか放っていなかった。

魔法が解けたようだった。

（私にはこれがお似合い）

なんの変哲もない、スチールとジルコニアの指輪——だが、藤堂との思い出が詰まっている。

左手の薬指に二つの指輪を嵌めると、茉莉恵は家から出た。

「お待たせ、もう行きましょう……」

土間から一歩出た茉莉恵ははっとした。ワゴンの隣に黒い大きなセダンが停まっていたからだ。

（え?!）

思わず身構えた。アントニオのことを思い出したからだ。

（まさか、彼の部下が?!）

だが、運転席から出てきたのは辻だった。彼はあわただしく後部座席に走り寄るとドアを開けた。

そこから出てきたのは――。

「ええっ」

藤堂の父、藤堂隆之だった。

「ど、どうして……」

茉莉恵は怯えた。一人息子を傷つけたことを非難されるのではないか。

だが、目の前に現れた隆之からは以前の威圧感は消えていた。低く、静かな声で話しかける。

「斉木さん、お元気でしたか。新しい生活には慣れましたか」

「は、はい」

隣にいた辻が話しかける。

「あんたへの援助は全部、局長の個人的な資産から出ているんだ」

驚いた。新しい部屋も潤沢な資金も、全部公安から出ているものだと思っていた。

「あ、ありがとうございます」

ぎこちなく礼を言うと、隆之は手で制した。

「礼には及びません。あなたが息子の元を去ると聞いた時、正直嬉しかった。これで息子と自分との間が元に戻ると思った。だから援助したのです」

彼の言う通りだった。自分が消えれば、藤堂は元の生活に戻れると思ったのだ。

「だが」

隆之は言葉に詰まった。

「あなたが去ったと聞いた息子の落ち込みは酷かった。やっと一般病棟に入れたのに回復も遅れている。公安に戻る気力も無くしてしまったようだ」

「そんな!」

自分は彼を公安に戻すために離れたのに、それでは逆効果ではないか。

「それは……一時的なものですよ。体が元に戻れば、きっと以前の藤堂さんに戻るはず」

狼狽える茉莉恵に隆之が一歩近づく。

「あなたは、私のことをまだ許してないのでしょう」

「え？」

「国のためにあなたを殺そうとした。そんな父親、許せなくて当然だ」

次の瞬間、信じられないことが起こった。藤堂隆之が目の前で跪いたのだ。

「お父さん！」

思わずそう呼んでしまった。高価そうなスーツの膝が落ち葉に埋もれる。

「あの時、私は冷静な判断をしたと思っていた。だが間違いだった。どんな理由があろうと、国民を犠牲にするのはやってはいけないことなのだ。道隆はそれを私に教えてくれた」

胸が熱くなった。彼の行為は自分の父親すら変えたのだ。

「お願いだ、私が許せなくても息子の元へ戻って欲しい。あなたが望むなら二度と息子には会わない。親と思ってもらわなくていい、だから……」

茉莉恵は彼の前に跪いて手を握った。

「もう謝らないでください、私は……自分が許せなくて彼の側を去ったんです」

彼を傷つけ、彼の将来も閉じてしまった自分の存在が許せなかった。

でも、自分が消えたことでさらに彼を傷つけてしまったのか。

「……これを見てくれ、息子から預かってきた」

隆之は自分の携帯を取り出し、動画を再生した。

そこには病院のベッドで上半身を起こしている藤堂が映っていた。

「藤堂さん……！」

水色の病院服を着ている藤堂はまだ顔色が悪く、やつれていた。しばらく沈黙の後、彼の声が聞こえた。

「茉莉恵、どうして君がいなくなったのか分からない」

その声の弱弱しさに、胸が締め付けられる。彼のことをこんなに傷つけていたなんて。

「あんな怖い目に遭って、なにもかも嫌になってしまったのかもしれない。そう思うのも無理はない。だけど……君との日々は怖いものだけではなかったと思うんだ、少なくとも私は」

自然に涙が溢れていた。口を押さえても嗚咽《おえつ》が漏れてしまう。

「どうしても別れたいと言うのなら仕方がない。だが、最後に一度だけ会ってくれないだろうか。きちんとお別れが言いたいんだ。二人の思い出のために」

動画が終わっても茉莉恵は顔を覆って泣き続けた。

「息子に、会ってくれるかね」

声が出せる状態ではなかったので、何度も頷いた。

「私……」

（逃げたんだ）

自分は藤堂の人生を壊してしまいそうで、それが怖くて逃げ出してしまった。

彼の愛を受け止める自信がなかったのだ。

（強くなりたい）

藤堂に見合うような人間になりたかった。

どんな強い愛をぶつけられても、びくともしない女性に。

「行きます、病院に――藤堂さんに会います」

涙をぬぐう拳の中に、二つのリングがあった。


清水の山から辻の運転するセダンに乗り、茉莉恵は隆之と一緒に東京へ向かった。

到着したのは夕暮れだった。静かな病院の中を辻と隆之と三人で黙って進む。

やがて、個室の扉の前に立った。

「茉莉恵さん、あなた一人で入ってください」

「え……」

「息子にはもう連絡しています。あなたを待ち焦がれているでしょう、さあ」

どきどきしながらドアノブを回す。音もなく開いた扉の向こうにベッドがあった。

窓からレースのカーテン越しに夕焼けが見える。橙《だいだい》色の陽光を背にして、藤堂がいた。

「茉莉恵」

ベッドから出ようとした彼に駆け寄って止めた。

「駄目、動いちゃ！」

とっさに触れた彼の肩が驚くほど痩せていて胸が詰まった。

「藤堂さん……」

彼の右腕には点滴がついていた。空いている左手で彼は自分を抱きしめる。

「良かった、来てくれたんだな……」

声すら痩せてしまったようだ。茉莉恵は彼の肩に顔を埋めて泣き出す。

「ごめんなさい……逃げ出してしまって……嫌いになったわけじゃないの」

茉莉恵は自分が消えた理由を説明した。彼が公安を追放されることを恐れ、自分が消えることで父親の力を借りさせようとしたことを。

「私のせいで藤堂さんが傷ついて、公安も辞めなきゃならなくなったらどうしたらいいのか分からなかったの。私がいなくなれば、全部元に戻るんじゃないかって……」

「……馬鹿だな、お前は」

お前と呼ばれたことで、甘い戦慄が走る。

「あれだけ愛していると、言葉と態度で示したのにまだ信じられなかったのか。お前だって俺のことが好きだったはずだろう」

茉莉恵は何度も頷いた。嗚咽でもうなにも言えない。

「余計なことを考えず、俺の側にいろ。それが一番俺のためになるんだ」

茉莉恵は涙で濡れた瞳で彼をじっと見つめることしか出来なかった。

「父親から謝罪された、お前のことを」

はっとした。藤堂がずっと目標にしていた立派な父親。あの人は息子にも謝罪したのか。

「人に頭を下げたところを見たことがなかった父親が、俺に謝ってくれた。『必ず茉莉恵さんを連れ戻してくる。彼女が私を許さないのなら、自分と縁を切ってもいい』とまで言ってくれた」

茉莉恵は必死に首を横に振る。

「お父さんは立派な方だわ……」

藤堂は静かに頷く。

「父親と初めて対等に話せた気がする、お前のおかげだ」

不思議な気持ちだった。こんな凄い人たちの間に自分がいるなんて。

「お前を側に置くためならなんでもする、なにをして欲しい？」

「ばか……なにもしなくていいわ……早く、元気になってよ……」

二人の背中を温かい夕日の光が照らしている。

茉莉恵は一旦柏の自宅に戻った。

「側にいて看病したい」

という自分の願いを藤堂は断ったのだ。

「きっちり体を治して、元の姿に戻った俺を見て欲しいんだ。退院するまで会わないでおこう」

心配で仕方なかったが、彼の想いに従うことにした。

(本当は看病したかったのにな)

枕元で林檎《りんご》を剝《む》いたり、そんなベタなことをしてみたかった。

「藤堂さんの退院は、予定では一か月後だ」

柏にやってきた辻は茉莉恵にそう告げた。

「分かったわ。バイト先には辞めるって伝えるから。その後どこへいけばいいの?」

また赤坂のマンションにいくのだろうか。辻はにやりと笑った。

「あそこは引き払った。万が一アントニオや小泉の残党に知られていると面倒だからな」

どきんとした。自分と藤堂の危機はまだ完全に去ったわけではないのだ。

「じゃあ、どこへ……」

「内緒だ、当日楽しみにしてろ」

「なんなの、もったいぶって」

どきどきしながら引っ越しの日を待った。

一か月後、辻が黒いセダンに乗ってやってきた。部屋の中は段ボールで埋まっている。

「え、引っ越し業者は？」

「お前の荷物は後で運ばせる、先に行くんだよ」

よく分からないまま、自分の手荷物だけ持って車に乗り込んだ。バッグの中には山から持ってきた指輪が二つ入っている。

車は東京に入り、都心に近づいていく。やがて広尾《ひろお》駅側の大型マンションに近づいた。敷地の前には門とガードマンがいて、辻がなにか書類を出してやっと開いた。

「警備局長がセキュリティー万全の物件を用意したんだ」

中に入ると、都心とは思えぬほど緑豊かだった。葉を散らした広葉樹の梢がレースのように空を区切っている。十階建て程度の煉瓦色のマンションがいくつも並んでいた。

「ここだ」

車は敷地内のある一棟の前で止まった。辻から一枚のカードを渡される。

「藤堂さんは部屋で待っている、いけよ」

急いで棟内に入ろうとした茉莉恵は一旦立ち止まった。

「辻さん」

車を動かそうとした辻は振り返る。

「なんだよ、早く……」

「本当にありがとう、あなたが藤堂さんの部下で良かった」

自分のせいで危険を冒したのは藤堂だけではない。辻だって公安を辞める可能性があったのだ。

「わざわざ山まで来てくれて……それに、その……あの……」

避妊具を持ってきてくれたことの礼をしたかったのだが、さすがに口から出なかった。辻は犬を追い払うようにしっしっと手を振る。

「早くいけよ、俺の行動は全部あの方のためなんだから礼なんかいらねえよ」

茉莉恵はもう一度深く礼をすると、マンションの中へ駆けこんだ。その背中をずっと辻が見ていたことは分からなかった。


部屋はその棟の最上階だった。絨毯《じゅうたん》敷きの廊下を進み、恐る恐るカードキーで扉を開ける。

「え？」

扉を開けると、いきなり目の前に藤堂がいた。

「茉莉恵」

靴も脱がないまま抱きしめられる。その体は以前の分厚さを取り戻していた。

「藤堂さん、どうして……」

藤堂は今日退院のはずで、まだ体調は万全ではないはずだった。

だが目の前にいる藤堂は、もうすっかり元の彼に見える。

「退院したばかりで動いていいの？　寝てなきゃ」

「退院は一週間前だ」

「ええっ」

「お前に会ってから急に回復が速くなった。肝臓の傷はもうすっかりなくなったそうだ」

思わず目を丸くしてしまった。一か月前はあんなにやつれていたのに。

「一週間、ここで暮らして想像していた。お前がここにやってきたらなにをしようって」

彼に連れられてリビングに入る。そこはまだ小さなダイニングテーブルだけの簡素な部屋だった。

「赤坂の家にあった家具はどうしたの？」

確かソファーなどがあったはずだ。ここにはそれすらない。

「あれは全部処分した」

「え、どうして？」

「お前と一から作り上げたいんだ、二人の生活を」

藤堂は茉莉恵の目の前に立つと、真っ直ぐ目を見て言った。

「俺と真剣に付き合って欲しい、将来も含めて」

突然の言葉に茉莉恵は絶句してしまった。その様子を見て藤堂は肩を落とす。

「俺の元に戻ってきてくれたから、もうそのつもりなのかと思ってた……」

しょんぼりと項垂《うなだ》れる彼の手を茉莉恵はがっと握った。

「待って、嫌だとは言ってないじゃない！」

彼の切れ長の目が自分を見つめる。

「じゃあ、いいのか」

胸がどきどきする。いきなり自分の運命がこれほど変化するなんて。

「嬉しすぎて……苦しい……」

藤堂はくすくす笑いながら茉莉恵を抱きしめた。

「指輪、あるか？　山まで取りにいったんだろう」

バッグの中から二本の指輪を取り出した。彼はジルコニアの指輪を取ると、茉莉恵の左薬指に嵌めた。

「そのうち本物を買うけど」

茉莉恵はささやかに光る指輪の嵌まった手を握りしめた。

「私にとってはこれも本物だよ……ありがとう……」

茉莉恵は彼に抱き着いた。彼の腕が強く自分を抱きしめる。


マンションは三ＬＤＫで、ベッドは二つの部屋に一つずつだった。

「医者から、夜の生活は傷が完全に塞がってからと言われているんだ」

藤堂はシャツの裾を捲り上げる。左のわき腹にくっきりと傷跡が残っていた。

「……………」

茉莉恵は無言で傷ついた肌をそっと撫でる。

「お前が怪我しないで良かった。自分が怪我するよりそっちの方がつらい」

彼の胸に額をつけた。

「それ……私も同じ気持ちだって……」

なめし皮のような腹についた傷がつらい。

「私が治したい、看病させて。そのくらいいいでしょう」

藤堂はそっと頷いた。

「悪いけど、甘えさせてくれ――」

嬉しかった、彼に頼りにされている。甘い感覚に包まれた。

次の日から茉莉恵は三食彼のために食事を作るようになった。広尾は海外の食材が豊富な高級スーパーが近くにある。まだ車のない茉莉恵は自転車を買ってせっせと食材を買い込んだ。

藤堂は退院したとはいえ、まだ以前のように動けない。リハビリであと二週間は安静にする必要があった。

運動量が少ないのだからカロリーは減らし、高タンパクの食事にする必要があった。だがプロテインなどに頼るわけにはいかない。二人とも山で食べ過ぎて、しばらく見たくもなかった。

「鶏むね肉、赤身の牛肉、ターキーもいいのね」

幸い高級スーパーには健康を気にする人々のため低脂肪の食品が揃っていた。

朝はご飯と具だくさんのみそ汁、魚や卵のおかずを作る。

昼はたっぷり野菜やターキーの肉を挟んだサンドウィッチやおにぎりにスープをつける。スープは沢山の野菜をみじん切りにしてスープストックを作っておいて冷凍で保存する。

夕飯はレシピを探しながら毎日違う食事を出した。白身魚のホイル焼き、牛頬肉《ほほにく》の煮込み、鳥むね肉のグリル——藤堂はどれも美味しいと言ってくれた。

だが、一日三食全部自炊、それもおざなりではないものを出すことは想像以上に大変だった。

（一日中食事のことを考えているみたい）

朝食が終わって掃除をしたり藤堂のリハビリに付き合っていたりするともう十一時を過ぎている。昼食を作って食べ、午後は自分の勉強――だが頭の片隅に夕飯の準備のことがあって上手く集中できない。専門学校の試験勉強を進めたいのに。

「あ、五時だ……」

その日も夕食を作ろうと立ち上がった茉莉恵の腕を藤堂が捉えた。

「俺がやるよ」

「え、でも」

「傷が塞がってないだけで、軽い作業くらいは大丈夫だ。無理するな」

そう言われて思わず涙ぐんでしまう。

「おい、どうしたんだよ。大げさだな、食事の支度くらいで……」

「違うの、もっと出来ると思ったんだけど……」

自宅にずっといるのだから三食作るくらい簡単だと思っていた。だが料理のバリエーションをあまり持っていない自分にとっては、献立を考えるだけで脳を使ってしまい、疲労が溜まっていた。

だがまだ一週間しか経っていない、それなのに自分が無理をしていることを見抜かれてしまった。

「藤堂さんの体が元通りになるまで私が世話したいの、役に立ちたいのよ」

そう言うと彼は指で涙をぬぐった。

「役に立つ人が欲しいなら雇うよ。お前はそのためにいるんじゃない」

髪を指で梳かれ、頭を引き寄せられて額にキスをされた。

「俺の側にいることがお前の仕事だ。まあ少しは家事をして欲しいが……ゴミ出しとか……そのくらいでいい」

茉莉恵は涙をぬぐいながら笑った。

「料理は嫌いじゃないから出来ると思ったの……スーパーだって近くにあるし。でも、だんだん頭がこんがらがってきた」

一人暮らしの時は夕飯を簡単に済ませるか、きちんと作るかは全部自由だった。食べる人が待っているというのは、想像以上のプレッシャーなのだ。

「夕飯を食べたら、一週間のメニューを二人で考えよう。作るものが決まっていれば買い物も楽になるだろう。家事も分担しよう、俺たちが同居を始めた時みたいに」

「ありがとう……」

再び茉莉恵の目から涙が溢れた。

「おいおい、泣くなよ、そんなに感動したのか?」

首を何度も横に振る。

「献立を考えたり、家事を分けあったり――こんなことで悩めるようになるなんて思わなかった」

　ほんの少し前まで、生き延びるだけしか考えられなかった。

　それが終わっても、もう二度と彼とは会うまいと思っていた。

　その頃と比べたらなんてささやかな悩みなんだろう。

「こんな風に悩んだり、泣いたり……それが嬉しいの」

　藤堂は茉莉恵の上半身を抱きしめる。

「俺もだ……こんなに安らかな気持ちは生まれて初めてかもしれない」

　彼の体温が、温かい。

「ずっと独り暮らしで、それが心地よくて――誰かと暮らせない男だと思っていた。普通の家庭を知らないから」

　彼の母親は子供の頃に亡くなっている。忙しい父親は家庭を顧みることは出来なかった。

「偶然お前と暮らすことになって、正直最初は戸惑ったがだんだん慣れていった。むしろ、一人でいる時より楽だったんだ」

　彼の言葉が嬉しかった。そんな風に思ってくれているなんて。

「お前が消えたと知って――病室で一人、凄く寂しかった。退院しても一人なんて耐えられそうになかった。気持ちが体調に直結していると感じたよ」

茉莉恵は改めて涙を流した。

「ごめんね……」

彼の手が髪をかき乱した。

「だから、料理をするとか家事をするとかは小さなことなんだ。お前が俺の側にいること、それが一番大事なんだから」

「うん……分かった」

茉莉恵はもう、彼の愛を受け取ることに躊躇わなかった。

藤堂の愛情は自分の想像よりずっと大きくて、深かった。

以前の自分はそれを受け止める自信がなかったのだ。だから逃げ出してしまった。

(どうやってこの愛に応えればいいのか)

自分が藤堂の愛に値しているとは、どうしても思えなかった。今でも迷っている。

(でも、受け止めよう)

彼が全身で愛を与えてくれるなら、自分も全力で受け入れる。

もう、躊躇わない。

彼に真摯に向かい合うことで自分も成長できる、そう思うのだ。

「朝はＢＬＴやオートミールでいいんじゃないか、スープで変化をつけて……昼は色々テイクアウトしよう、俺も近所なら出歩けるから……夕飯のメニューだけ考えてくれないか。その日の食材を見て浮かぶこともあるだろう」

「分かった、明日からお昼は一緒に買い物に行こうね」

昼に買い出しがてら散歩にいくのが二人の日課になった。広尾から出発して西麻布《にしあざぶ》、六本木《ろっぽんぎ》まで足を伸ばす。高層ビルの狭間《はざま》に小さな商店街や公園があって、ペットボトルのお茶を飲みながら日向《ひなた》ぼっこをするのも楽しい。

昼食の支度がなくなったので茉莉恵は気持ちに余裕が出来た。もう一度柔道コーチへの勉強を考え始める。

「ここにしよう」

柔道整復師の資格が取れる専門学校を見つけた。今から願書を出せば来年度から入学できる。

問題は費用だ。もちろん藤堂は援助してくれるだろうが、自分の力でやってみたい。

幸い以前経験していた経理事務の仕事をオンラインで出来るようになった。給料はそれほど高くないが、今は生活費がかからないので全額貯めておけるし、これなら学校が始まってもやっていけそうだ。

（出来るわ）

冬の梢が見えるリビングで茉莉恵はせっせとデータの入力作業に励む。マンションの窓からは他の部屋のクリスマスツリーが見えるようになってきた。

夕食を取った後、二人で長いソファーに並んで座っていた。つけっぱなしのテレビはいつの間にか映画を映している。

アメリカのアクション映画で、銃撃音が聞こえた。その瞬間気分が悪くなる。

「ごめん、消して頂戴」

茉莉恵の様子に気づいた藤堂がテレビを急いで消す。

「大丈夫か、どうしたんだ」

茉莉恵は首を横に振った。

「本当は……たまに怖くなるの」

彼に打ち明けてなかったが、夜眠れないことがあるのだ。

アントニオが釈放されて復讐に現れる、恐ろしい夢を見て飛び起きることがある。

今の幸せが本物かどうか、一瞬信じられなくなる、足元が揺らぐような感覚に襲われる。

藤堂は自分を強く抱きしめた。

「そんな風に感じていたのか、どうして言わなかったんだ」

「だって、心配かけたくなかったの……」

まだ怪我が治っていない藤堂をこれ以上悩ませたくなかった。今ですら充分すぎるほどの待遇なのに。

「そのうち治るわ、気にしないで」

「駄目だ」

頭を抱えられる。

「訓練を受けた人間でも危険に晒されるとＰＴＳＤを発症するんだ。ましてや普通の市民だったお前があんな恐怖に晒されて——不安が去らなくて当たり前だ」

そのまま抱き寄せられてキスをされた。

「今日は……一緒に寝ようか」

「でも……」

まだ彼の傷は完全に塞がっていない。治るまで同衾《どうきん》しないと決めていた。

「そういう意味じゃなくて、ただ隣で寝て欲しいんだ。そうしたら怖い夢を見ないかもしれないだろう？」

「……ありがとう、嬉しい」

その夜は久しぶりに一つのベッドで眠った。セミダブルの狭いスペースがかえって居心地いい。

「あったかい……」

彼の体温は高く、茉莉恵を温める。

「ずっと怖かったのか?」

彼の手が優しく背中を撫でてくれた。

「うん、最初は平気だったんだけど」

千葉での生活が軌道に乗ってきた頃からだろうか。夜電気を消すことが急に怖くなった。

辻から用意してもらったのはオートロックのついているマンションの三階だ。それでも恐怖は去らない。

「おかしいの、なんの心配もないはずなのに怖くて仕方がない。心臓がどきどきしてなかなか寝付けないことがあった」

昼間くたくたになるまで働いてようやく眠れるようになった。だがどこかで無理をしている意識があった。

そんな頃、藤堂が自分を呼び寄せてくれたのだ。

「誰かに相談したくても出来なかったの。だって、本当のこととは思えないでしょう? マフィアに襲われて海に飛び込んだり、山に籠ったりしただなんて」

茉莉恵はくすくす笑った。一人で千葉にいた時、自分はずっとこんな話がしたかったのだ。

「今はどうだ? まだ怖いか」

胸の奥を探ってみる。小さな恐怖の種が眠っているような気がする。

「ちょっと怖い……」

彼の胴に腕を回す。傷に触らぬ程度に密着した。

「でも、怖い時に藤堂さんがいてくれたら乗り越えられる気がする」

自分は一人ではない。

彼と一緒なら乗り越えられる。

それは茉莉恵が唯一握りしめている成功体験だった。

「また怖くなったら言うね、そうしたら慰めて」

彼の息がつむじにかかる。

「もちろん」

茉莉恵は久しぶりに深い眠りに落ちていった。


茉莉恵と藤堂は足を揃えて回復していく。

藤堂の腹に出来た傷は日に日に塞がっていく。抜糸の日が近づいてきた。

そして、茉莉恵の心に巣食っていた恐怖の種は芽吹くことなく胸の奥で固まっていった。

もしなにかきっかけがあったら再び目を覚ます、そんな予感はあった。

だが、藤堂が側にいてくれれば恐怖の種に水を与えることにはならない。

このまま穏やかに暮らしていけば種は干からびていく、そう予感していた。

街はだんだんクリスマス一色になっていく。茉莉恵も近所の花屋からリースを買って玄関に飾った。

「抜糸は十二月二十日になった」

藤堂からそう言われて胸が熱くなった。

「良かったね、これで全快なのね」

彼は微笑みながら自分を引き寄せる。

「あと二つ報告することがある。まずアントニオは死んだよ」

「えっ」

絶句してしまった。彼はアメリカで逮捕され、今は監視付きの保釈になっているはずなのに。

「暗殺されたんだ。おそらくコカイン・カルテルの他のマフィアがやったんだろうということだ。彼の口から自分たちのことが証言されるのを恐れたんだ」

「そうなの……」

銀座で見かけた彼は高価なブランド品を買いあさり、美しい愛人もいた。この世の栄華を味わい尽くしているように見えた。だが末路は惨めで哀れなものだった。

「……そうなの」

不思議な気持ちだった。本当なら嬉しいはずなのに、心が浮き立たない。

「気にするな」

茉莉恵の表情を読み取った藤堂が慰める。

「アントニオの死はお前のせいじゃない。彼の運命だったんだ。自分がやってきたことが返ってきた、それだけだ」

「うん……ありがとう」

見上げると彼の表情がゆるんだ。

「もう一つある、こっちはいい話だ。年明けから正式に公安に戻れる」

「本当！」

「ああ、しかも以前の部署にそのまま戻れるんだ。アントニオの件では処分されないということだ」

茉莉恵の胸に安堵感が広がった。自分のせいで彼の足を引っ張ることにならなかった、それがなにより嬉しい。

「病院から帰ったらお祝いしよう、少し早めのクリスマスだな」

「うん、ご馳走《ちそう》作ろうね」

スーパーでターキーを買い、ローストするための準備をする。

「ええと、焼く前にソミュール液につけるんだ」

ケーキの予約、シャンパンの購入――あっという間に抜糸当日となった。

「いってらっしゃい、ご馳走楽しみにしててね」

昼頃からターキーを焼き始め、テーブルにクロスを敷いて簡単なテーブルセッティングをする。オードブルはホテルのものをテイクアウトしてきた。

「もうすぐかな」

五時過ぎてそわそわしながら待っていると藤堂が帰ってきた。

「ただいま」

コート姿の彼の手には小さな紙袋があった。

「あ、プレゼント？　ごめん、考えてなかった……」

彼の抜糸にばかり意識が向いていてクリスマスプレゼントまで思い付かなかった。しかも彼が持っているのは高級ジュエリー店のものだ。

「そんな高いもの、いいのに……」

ネックレスかピアスと思っていた。だが彼が小さな紙袋から出したのは、小さな掌に載るほどの箱だ。

「えっ」

青いベルベッドの箱を彼が目の前で開いた。中には白く輝く指輪があった。

「遅くなったけど、本物を買ってきたよ」

茉莉恵は船で買ったジルコニアの指輪を普段からつけていた。藤堂はそれを外してダイヤモンドの指輪を嵌める。

「ジルコニアのものほど大きい石は無理だった」

大真面目にそんなことを言う彼がおかしかった。

「あんな大きい石、怖くてつけられないわ」

本物のダイヤモンドは小さくても白くはっきりと輝いている。

「俺と結婚してくれ、一生大事にする」

呼吸が止まった。まったく予想していなかった言葉だった。

「そのつもりじゃなかったのか？」

藤堂が少し呆れたように言う。

「いや……そのうちには、とは思っていたけど……」

まさか、その日が今日だなんて。

「一緒に生活を作っていこうって言っただろう。きちんとしたいんだ、結婚してください」

しばらく返事が出来なかった。痛みに近いほどの大きな感情に襲われている。

「私で、いいの……」

彼の綺麗な唇が弓なりに微笑む。

「もう一度説明しなきゃいけないのか？　お前は俺にとって特別な女だ、他の誰でも、代わりにならない。俺にお前を、一生守らせてくれ」

（藤堂さん）

もう躊躇わなかった。指輪を持つ彼の手にそっと触れる。

「答えは……」

彼の瞳をしっかり見つめた。

「はい……」

嬉しさで咽喉が詰まる。

「私も、藤堂さんを一生守るわ」

緊張が解けたのか、藤堂がはじけるような笑顔を見せた。

「お前が俺の側についていてくれれば怖いものなんかないよ」

この世で一番安心できる場所、それは彼の腕の中だった。

（二人でいれば、大丈夫）

つけっぱなしだったテレビの画面から、厳かな讃美歌《さんびか》の音色が流れ出した。

夢見心地のままクリスマスディナーを終えた。茉莉恵の指には貰ったばかりの指輪が光っている。

「その」

食後のグラッパをソファーで傾けていた藤堂が、茉莉恵を引き寄せて言った。

「今日、抜糸した」

「知ってるわ」

改めてそんなことを言う彼がおかしかった。

「だから、もう元通りなんだ」

何故だか彼の声に苛立ちがある。

「良かったね、元気になって」

彼はますます不機嫌になる。

「わざとじらしているのか？」

「なに言っているのよ、意味が分からないわ」

彼が自分を強く引き寄せる。

「要するに、もう お前を抱けるってことだよ」

やっと意味が分かって茉莉恵は赤面した。

「ああ、そういうこと……」

しばらくお預けだったので、調子が戻らない。

「今日、このままいいだろう？　風呂に入って俺の部屋に行こう」

急に胸が高鳴ってきた。心の準備が出来ていない。

「あの、嫌なわけじゃないんだけど……」

体温が上がっていく。逃亡中のあれやこれやが思い出される。

「したくないなら、無理にとは言わない」

彼の声は、内容とは裏腹に切羽詰まっていた。その響きに肌がかっと熱くなる。

「久しぶりだから……乱れたら恥ずかしいな……」

次の瞬間、体が持ち上げられた。

「そんなこと言われたら、我慢できるわけないだろう」

まるで飼い犬のようにバスルームに運ばれると体を洗われ、バスローブに包まれる。

「俺の部屋で待っていろ」

緊張しながら彼の寝室に行く。あっという間に彼が現れた。

「藤堂さん……」

二人はバスローブを脱ぎ捨て、全裸で抱き合った。

「茉莉恵、どれほど待ち望んだか……」

逞しいわき腹にはくっきりと傷跡が残っている。だがその肉体は元に戻っていた。

「私も、あ……」

抱きしめられただけで血液が熱くなる。すでに肌が汗ばんでいた。

「ひゃう……」

首筋を舌でなぞられるだけで声が漏れた。彼の手が両方の乳房を包む。

「あ、駄目……！」

大きく膨らんだ乳首を同時に擦られると、それだけでいきそうになる。

「そんなに、したら、いくって……！」

悲鳴のような言葉に藤堂が微笑む。

「早いな」

「だって、久しぶりだから……」

恥ずかしいくらい感じてしまう。全身で彼を欲しがっている。

「触られるだけで気持ちいい……」

彼の大きな手が腰の横をさする。それだけで背中がびくびくっと跳ねた。

「反応良過ぎだ」

そういう藤堂の声も上ずっている。男性のものはベッドに入る前から起立していて、先端から透明な蜜が漏れていた。

「そっちだって、こんなに」

太いものに指を絡ませると彼の腹が大きく上下した。真新しい傷跡もそれにつれて動く、

「あ、ごめん、まだ痛い？」

顔を顰めているのが苦痛なのか快楽なのかよく分からなかった。

「いや、引きつれる感じがするだけだ……それより、あまり強く触られるとすぐ出てしまいそうだ」

自分だけではなく藤堂も感じている、それが嬉しかった。

「お前を見せてくれ……」

ベッドの真ん中で足を拡げられる。久方ぶりの格好に羞恥を煽られた。

「ん……」

谷間が割られ、彼の息がかかる。それだけで、じいんと熱くなった。

「綺麗な色をしている」

くちゅ……と直接口づけをされた。すでに熱を持っている花弁はあっという間に開花していく。

「きゃう……いい……」

つるつるとした花弁をねっとりと舐められ、小さな雌蕊を唇で包まれた。そのまま甘く吸い取られると、一気に熱が高まる。

「あ……だめ、いくっ」

ぶるっと全身が震えた。とろりと内側から融ける——そこに彼の舌が侵入していく。

「やあ、そこ、舐めないでっ……!」

充血した粘膜を直接擦られ、さらに快楽が増していく。こんなところに入れられたら——。

「今日は、このままでいいか」

藤堂は生身の自分を差し出した。赤く火照った肉棒が目の前にある。

「嫌ならもちろんゴムはつける。だが、お前も準備が出来ているなら――」

茉莉恵はもう躊躇わなかった。なにが起こっても彼と一緒に生きる、それは変わらないのだから。

「そのまま、来て……」

藤堂の体が覆いかぶさってきた。濡れた先端がそのまま侵入してくる。

「あう……」

ずずっと押し広げられ、奥まで貫かれる。久しぶりの感覚は快楽よりも甘い痛みをともなった。

「痛いか？」

茉莉恵の表情を読み取ったのか、藤堂の動きが止まった。逞しい肩に手を置いて引き寄せる。

「痛くても、いいの、奥まで欲しいから……」

藤堂は茉莉恵の腰をしっかりと摑むと深く繋がりながら口づけをした。

「そんなことを言うと、知らないぞ、止まらなくなる――」

彼の言葉通り、腰の動きが激しくなった。大きく開いた男根の笠《かさ》が狭い肉を引《ひ》っ掻《か》き、擦り上げる。

「あ、凄い、いい……！」

藤堂の息が荒くなる。頭を押さえられ、耳元で獣のような唸り声が聞こえた。

「中に、出すぞ、俺のものを……」

茉莉恵は答えの代わりに足で彼の腰にしがみついた。やがて一気に刺し貫かれ、腰の動きが止まる。

（あ）

はっきり中に放たれる感触があった。以前はゴムの中に入っていたものが、今は体内に注がれている。

その感触に茉莉恵は甘く酔っていた。

「このまま、こうしていていいか」

覆いかぶさる藤堂の重みを茉莉恵は全身で受け止めていた。

「もちろん、私も気持ちいいの」

抱きしめる彼の肉体は頑丈で、木に摑まっているようだった。

「愛している」

かすれ声で囁かれる。

「私も」

そう返すと不満げな声が聞こえた。

「愛してるって、言ってくれないのか……」

まるで子供のようにすねる藤堂が可愛かった。

「愛してるよ、決まってるでしょう」

「もっと、甘く言ってくれ」

「そんなの無理、あ、ああ……」

一日中に放ったまま体内にあった彼のものが、再び力を取り戻して奥を貫き出す。

「俺は、こんなに愛しているのに……」

体を持ち上げられ、胴を抱きしめられながら下から突き上げられた。息が出来ないほど激しい。

「あ、愛してる、私も、愛してるっ……！」

全身で彼にしがみついていないと気を失ってしまいそうだ。奥を擦られて果肉がきゅうっと収縮していく。

「あ、いい、また、いっちゃう……」

腰が勝手に動いて彼のものを自分の肉で擦る、その感触でさらに煽られた。

「ふあ、いくっ……！」

抱きしめられたまま茉莉恵は体を震わせて達した。熱い蜜が二人の肉体を繋ぐ。

「熱いよ……お前の中が、融けている……」

潤んでいる中を何度も突かれ、茉莉恵は気が遠くなる。藤堂の荒い息が耳にかかって、熱い。

(好き……)

ため息のような言葉は、声になっていなかった。


何度達したか分からない。藤堂も一度も抜かないまま三回中に放たれた。

「疲れた……」

泥のように横たわる茉莉恵の体を藤堂は再びバスルームに連れていき、湯船につけた。体だけではなく髪も洗ってくれる。指の感触が心地いい。

「ほら、水も飲め。咽喉が渇いただろう」

髪を乾かされながらミネラルウォーターのペットボトルを渡される。冷たい水を一気飲みしてやっと人心地がついた。

「さすがに俺もくたくただ」

風呂上りの二人はバスローブ姿のままリビングのソファーに座り込む。大きな窓からは東京の夜空が見える。

「……星が見えないね」

茉莉恵がぽつんと言った。

「そうか？　あるじゃないか」

確かに晴れた夜空にはいくつか星が輝いている。

「でも、山ではもっと見えたわ」

あの時二人で見上げた夜空は怖いほど星が輝いていた。

「そうだな、街の灯りに負けているんだ」

東京は夜でもほんのりと明るい。よほど明るい星ではなかったら負けてしまうのだろう。

「もう一度あの家に行ってみたいと思うの、変かな」

あれほど恐怖を味わったのに、懐かしいとすら思うのだ。

「実は、俺もだ」

藤堂がぽつんと言う。

「あそこで火を熾して、自分で食料を調達して、お前が側にいて——なんだか原始時代に生きているみたいで楽しかった」

彼が自分と同じ気持ちで嬉しかった。

「でも東京の暮らしも好きよ。ご飯は美味しいしお風呂は好きな時に入れる」

「それはそうだよ、俺もずっとあそこに住むのは——たぶん無理だな」

二人はくすくすと笑いあった。

「私たち、結局現代人なのね」

藤堂は茉莉恵の肩を抱き寄せた。

「あの家の持ち主はあそこを処分したがっているようだ。古いし維持費がかかるから――もし良かったら、別荘として買わないか？」

茉莉恵はがばっと彼の顔を見る。

「いいの⁈」

「ああ、金額はかなり安いらしい。だが維持は大変だぞ。一か月に一度は様子を見に行く必要がある」

茉莉恵はすばやく考えた。あの山まで車で三時間程度、週末を使えば可能なのではないだろうか。

「私、欲しいわ。あそこでもっといい思い出を作りたい」

恐怖の記憶を二人で塗り替えたかった。なんの心配もなく、安心して眠れる場所にしたい。

「それに、子供が出来たらいい遊び場になるわ」

思わずそう言ってしまって口を押さえる。まだ正式に結婚したわけでもないのに気が早いだろうか。

だが藤堂は優しく微笑んでくれた。

「そうだな、俺も子供はある程度自然に触れさせたい。川釣りや焚火もやらせたいな」

彼の言葉に心がなごむ。二人の行く末に幸せな未来が広がっているように思える。

「ところで、いつ行こう?」

「どこへ?」

「お前の実家にだよ。結婚の予定を報告しなくちゃ」

「えっ」

突然だったので、喜びよりも戸惑いの方が先に立つ。

「まずは、電話で話そうよ……」

茉莉恵がそう言うと藤堂は顔を顰める。

「駄目だ、こんな大事なことはきちんと対面で言わないと」

「お父さん、驚いちゃうよ」

「許してくれないのか?」

「許すとか許さないじゃないでしょ、藤堂さんと結婚するのは私なんだから」

「そうは言っても、やっぱりご両親に賛成して欲しいよ」

「藤堂さんが反対されるわけないじゃん!」

ソファーに座りながら未来の話をする、茉莉恵は今世界一幸せだった。

あとがき

こんにちは。またお目にかかれてうれしいです。

今回はヴァニラ文庫様で初めての現代ものです。今までは御曹司やＣＥＯが多かったのですが、ふと公安警察が頭に浮かびました。

そして、洋画でよく見る麻薬マフィア、強いヒロイン――色々なものが組みあわさって出来た作品です。

作中で茉莉恵が身に着けるイミテーションの指輪は、旅行先でも気軽につけられるコスチュームジュエリーをイメージしました。大きなホテルにいくと、本物のジュエリーショップとは別に比較的安価なアクセサリーがありますが、あれは旅行先でもおしゃれを楽しみたい方のためにあるのでしょう。

イラストは秋吉《あきよし》しま様です。イメージ通りの格好良さで嬉しいです。

吉田行

公安エリートに溺愛警護されてます!
～逃亡生活はキケンで絶倫!?～

Vanilla文庫 Miel

2023年5月5日　第1刷発行　　定価はカバーに表示してあります

著　作　吉田 行　©ANN YOSHIDA 2023
装　画　秋吉しま
発行人　鈴木幸辰
発行所　株式会社ハーパーコリンズ・ジャパン
東京都千代田区大手町1-5-1
電話　03-6269-2883（営業）
0570-008091（読者サービス係）
印刷・製本　中央精版印刷株式会社

Printed in Japan ©K.K.HarperCollins Japan 2023 ISBN978-4-596-77349-4